할아버지의 손편지

할아버지의 손편지

황준호 지음

들어가는 글

인생이라는 길을 걷습니다. 이정표가 없는 길입니다.

걷다가 나무 밑 그늘에 앉아 잠시 하늘을 쳐다봅니다. 저만치 흘러가는 뭉게구름이 길에서 만났던 수많은 이들을 떠올립니다.

지름길이란 유혹에 빠져 가지 말아야 할 길을 택한 사람이 있었습니다. 하지만 꼭 걸어가야 하는 길이기에 먼 길을 돌아가는 이도 있었습니다. 문득 먼 길을 돌아간 이들은 땀을 흘리면서 뚜벅뚜벅 흙길을 걸어가지만, 아스팔트에 차를 타고 달리는 이들에게서는 만날 수 없는 편안한 모습으로 가득합니다.

나의 가족이 떠오릅니다.

손주의 모습은 나에게 잃어버렸던 미소를 되찾아줍니다. 손녀의 모습은 앞으로도 건강한 여정을 꾸려야겠다는 마음가짐을 다지게 합니다.

나는 세 살 때 할아버지가 돌아가셨습니다. 어머님 말씀이 할아버지는 아흔을 바라보는 나이에도 불구하고 나를 안고 온 동네를 돌아다니시며 자랑하셨다고 합니다. 말씀이 적고 표현이 서투른 분이셨지만 나를 바라보는 눈은 항시 행복해하셨다고 합니다.

이야기로만 들었던 내 할아버지의 모습이 지금 내 모습인 것입니다. 손주와 손녀를 바라보는 내 모습에서 기억하지 못하는 할아버지의 모습이 오버랩됩니다. 귀엽고 사랑스러운 내 피붙이의 기억 속에 내 할아버지의 모습으로 사라지는 것보다는 내가 하고 싶은 이야기 그리고 내가 기억하고 싶어 하는 이야기들을 남겨 주고 싶습니다.

아이들이 길을 걷다가 어느 방향으로 가야 할지 망설여질 때 조금이라도 도움이 되었으면 하는 바람에서 지금 손편지를 쓰고 있습니다.

목차

사람이 온다는 것

여덟 장의 크리스마스 카드

지금 책상 위에는 여덟 장의 크리스마스 카드가 있습니다.

결혼 후 한 장으로 시작했던 크리스마스 카드가 이제는 여덟 장으로 늘어난 것입니다. 저무는 해를 정리하고 새해를 맞을 내 가족 하나 하나에게 해주고 싶은 이야기를 전하는 소중한 시간입니다.

이런 의미에서 일 년에 한 번 내 마음을 전할 수 있는 유일한 공간은 크리스마스 카드 속의 빈 여백뿐입니다. 카드의 빈 공간을 메우기 위해 며칠 전부터 아내와 아이들 셋, 사위, 며느리, 외손주 둘(한 분은 따님 뱃속)에게 전할 덕담을 생각합니다. 가끔 공간을 채우지 못할 땐 답답한 마음에 현기증마저 들지만 한 장 한 장 카드를 완성해 나갈 땐 '올 한 해도 잘 마무리하네.'라며 나 자신에게 뿌듯함을 느낍니다.

따님이 말씀하셨습니다.

"아빠 우리는 멜로디 카드요."

내가 구입한 카드 중 고가의 카드입니다.

"멜로디 카드는 고가여서 손주한테만 줄 겁니다."

"몰라요. 좌우지간 나는 멜로디 카드요."

"너희 가족은 식구가 넷이어서 카드를 제일 많이 잡아먹는 집이다."

"왜, 넷이에요?"

"조만간 탄생하실 내 손녀에게 줄 카드까지."

딸은 자신의 뱃속에 있는 손녀는 생각하지 못했나 봅니다.

"그럼, 전 현찰을 뽑을 수 있는 카드로 주세요. 전 그 카드가 더 좋답니다."

따님의 그 한마디가 카드에 어떤 덕담을 써야하느냐는 부담을 한순간에 날려줍니다.

"컥! 정말 모녀의 속물근성은 모든 이에게 우울함을 선사합니다. 따님과 대화하면 할수록 살아야겠다는 생각이 점점 멀어져갑니다. 어느 날 갑자기 내가 가출하면 다 따님 덕분이라 생각하십시오. 태어나지도 않은 손녀에게 카드를 보내는 훌륭한 할아버지한테 어떻게 현찰을 뽑을 수 있는 카드를 달라며 저에게 정신적 스트레스를 강요하는지요?"

"호호… 그래요, 전 속물이에요. 그러니 현찰을 뽑을 수 있는

카드 주세요. 손주도 현찰을 뽑을 수 있는 카드를 더 좋아한다고
요."

딸은 나를 닮아 역설적인 표현을 즐깁니다. 아직 태어나지 않
은 자식을 위해 카드를 적는 나의 모습이 무던히도 뿌듯했나 봅
니다.

가족의 울타리와 이웃과의 정겨움이 점점 엷어지는 척박한 세
상이 되고 있습니다. 최소한 내 가족은, 내 이웃은, 나를 아는 사
람들만큼은 어디서든지 누구에게라도 자신의 삶을 나누는 사람
들이 되길 바랄 뿐입니다.

분천역 산타마을 방문기

10월에 막내아들이 결혼을 한다고 합니다. 강렬한 스토리를 갖고 있는 막내의 결혼 선언은 너무 기쁘고 감사한 일입니다. 결혼을 승낙한 며느리에게 고마움과 소중함을 느낍니다.

난 아내와 함께 '분천역 산타마을'로 향합니다. 협곡열차가 분천역을 향해 달리는 동안 며느리에게 보낼 크리스마스카드 속 이야기로 설렘이 가득합니다. 새 식구가 될 며느리에게 편지를 쓴다는 것은 파릇파릇한 감동과는 다른 조용한 묵직함이 있습니다.

'분천역'에 도착해 열차에서 내립니다. 작은 공간이지만 크리스마스와 관련된 동심을 사로잡는 올망졸망한 조형물들이 정겹습니다.

나는 아내에게 이번 여행의 의도를 이야기합니다.

"오랜만에 바람을 쐬는 것도 이유지만 사실 이곳에 온 근본 취지는 10월에 결혼할 내 며느님에게 고맙다는 편지를 보내기 위해서입니다. 그리고 덤으로 이제 막 태어난 외손주한테도 크리스마스카드를 보내기 위해서입니다. 이곳 우체국에서 지금 편지를 보내면 크리스마스 때 편지를 받을 수 있답니다. 지금은 5월이지만 편지를 보내면 크리스마스 때에 맞추어 소중한 내 며느님과 손주가 받을 수 있죠. 내가 보낸 카드를 받고 어떤 표정을 지을지 상상만 해도 즐거운 일입니다. 결혼하고 처음 크리스마스를 맞는 며느리의 입장에서도 7개월 전에 자신을 생각하면서 이런 편지를 보냈다는 사실을 안다면 기뻐할 것입니다. 그리고 부인의 따님도 자신의 자제분이 벌써 이런 카드를 받고 하나하나 아이의 추억을 쌓아가는 모습을 지켜보는 것도 꽤 소중한 이야기가 될 것입니다. 인간은 추억을 먹고 사는 존재고 대부분의 추억은 우연이란 것이 쌓여 만들어지지만, 비록 날조되고 창조되는 추억이라도 그 또한 훌륭한 의미로 생명력이 있을 것입니다. 좋은 창작욕이 좋은 추억을 만들기도 하기 때문입니다."

나도 모르게 아내 얼굴에 펼쳐지는 미소를 즐기며 이야기를 이어 나갑니다.

"아직 기저귀를 차고 젖병을 손으로 잡지도 못하는 손주지만 당신의 따님이 이 카드를 버리지 않고 아이가 성장했을 때 손주에게 전해주면 이 카드를 받은 손주는 최소한 어긋난 생활은 하지 않을 것입니다. 자신이 왜 세상에 나왔는지 그리고 자신이 기억하지 못하는 시절에 자신을 기억하고 사랑하는 이들이 얼마나 많았는지 그리고 자신이 얼마나 축복받은 아이라는 사실을 알려줄 수 있는 것이 이 편지랍니다. 문자메시지나 카톡 등으로 자신의 대소사를 간단히 처리하며 자신의 인간관계를 만족해하는 것이 대세지만 받는 사람들에게조차 감동보다는 식상함이 앞서는 것도 현실입니다. 각박해지는 세상에서 당신이 소중하게 아끼는 가족만큼은 최소한 손편지로 마음을 표현해 전해주는 것이 부모된 이로써 최소한의 예의라 생각됩니다."

잠잠히 내 이야기를 듣던 아내도 우체국에 도착하자 카드를 구입합니다. 아내는 천방지축인 딸아이가 시집가 아이를 낳고 엄마가 된 것이 한편으로는 대견스럽고 다른 한편으로는 안쓰럽다고 생각합니다. 오랜만에 적어 보는 손편지여서인지 골똘히 생각하며 사위에게 전할 자신의 이야기를 진지하게 정리하는 아내의 모습이 사랑스럽습니다.

새빨간 우체통에 며느리에게 전할 편지를 집어넣습니다. 손주의 손에 전달될 또 한 통의 편지를 집어넣습니다. 우체통에 편지를 넣는 아내의 모습에서 생기가 넘쳐흐릅니다. 오랜만에 펜으로 자신의 마음을 사위에게 전하며 무척이나 뿌듯해 합니다.

아내의 손을 잡고 산타 마을을 거닙니다.

"사위에게 편지 쓰느라 고생했습니다. 서방 잘못 만나 안 쓰던

편지까지 쓰게 됐으니…."

산타 마을은 이제 막 걸음마를 뗀 아이들이 좋아할 수 있는 아기자기함이 펼쳐져 있습니다. 이곳에서 손주가 이리저리 뛰어다니는 모습을 상상하는 그녀의 얼굴에서 행복이 묻어납니다.

"지금 당장은 어려서 안 되겠지만 손주가 걸어 다닐 때 꼭 데리고 다시 옵시다. 손주가 엄청 좋아할 것입니다."

아버지는 아무도 못 말려

아버지들은 자기 마음을 가족에게 전하는 데 서툽니다. 과묵하거나 진중해야 한다는 강박 관념에 사로잡힌 까닭일 겁니다. 나역시 어떤 주제라도 하루 종일 말할 수 있지만 나를 아는 이조차고개를 절레절레 흔들게 하는 핸디캡이 있습니다.

나의 화법이 반어법적이기 때문입니다. 단적으로 '좋다'를 '나쁘다'로 '사랑해'를 '싫어해'라고 표현하기에 수십 년 함께한 가족마저 한결같이 나에게 함구령을 내립니다.

막내아들 결혼 상견례를 하게 되었을 때 막내아들이 진지한어투로 간청합니다.

"사돈이 될 분들을 만났을 때 절대 아무 말씀도 하지 마세요. 만약 한마디라도 하시면 전 결혼 안 할 겁니다."

난 흔쾌히 '오케이' 했습니다.

"걱정하지 마. 아들이 호적을 정리해 주겠다는데 무슨 일이든 못 해주겠냐. 아무 걱정 하지 마."

곁에 있던 아내도 우려 가득한 목소리로 말했습니다.

"정말 아무 말도 하지 마세요. 아들이 오죽하면 결혼 안 하겠다는 말까지 하겠어요."

딸도 앙팡진 눈으로 쳐다보며 거듭니다.

"정말 아무 말씀도 마세요. 아빠 때문에 장가 못 가면 아빠 안 봐요."

아내의 신신당부도 당부려니와 다른 자식들까지 한결같이 의구심의 눈총으로 나를 몰아붙이니 주눅이 들었습니다.

"그러면 차라리 상견례 자리에 나를 빼면 좋지 않을까요?"

내 말이 끝나자마자 아내의 말에 가시가 돋습니다.

"이야기를 하면 고칠 생각은 안 하고 자꾸 이렇게 엉뚱한 이야기를 하니."

그녀보다 더욱 날카로운 어투로 한숨을 쉬며 아들도 말을 보탭니다.

"아빠도 참…. 아들 장가 안 보낼 거예요."

한 성질 하는 따님이 간결하게 이야기합니다.

"야! 다 때려 치고 평생 아빠한테 빨대 꽂고 살아!"

가족 중 제일 겁나는 따님이시기에 손사래를 치며 말합니다.

"알았어. 내가 잘못했다. 상견례 때 아무 말도 안 하마. 그렇게

만 하면 호적정리는 깔끔하게 해 주는 거다.”

　드디어 상견례 날이 되었습니다. 도착하기 몇 시간 전부터 아
내와 아들놈의 신신당부가 있었던 까닭에 상견례 자리에 도착했
을 때 머리가 혼란스럽고 피곤함이 가득했습니다.
　사돈 내외가 먼저 인사를 했습니다.
　“안녕하세요.”
　“미선이 아버지입니다.”
　아내가 인사를 합니다.
　“누리 엄마입니다.”
　모두 인사를 마치고 내 차례가 되었습니다. 난 가족들과의 약
속을 가슴 속에 잘 꿰매어 놓았기에 고개만 까딱이고 아무 말도
하지 않았습니다. 침묵하는 내 모습에 갑자기 분위기가 싸~ 해집
니다. 아내가 살며시 내 팔을 톡 쳤습니다. 아내에게 눈길을 주니
말로 인사를 하라는 표정이었습니다. 난 손짓으로 종업원에게 메
모지와 볼펜을 부탁했습니다.
　사돈 내외는 나의 행동에 약간 당황해 하는 모습이었지만 가
족과의 약속이 중요하기에 얼른 메모지에 글을 적어 아내와 아들
에게 건넸습니다.
　“말하지 말라고 하셨잖아요.”
　아내와 아들에게서 한숨이 터져 나왔습니다. 아들이 사돈 내외

에게 이 상황을 설명해 주었습니다.

"제 아버님이 워낙 말실수가 많으셔서 말하지 말라고 하니까 이번에는 저렇게 아무 말씀도 안하고 계시는 겁니다. 죄송합니다."

내막을 안 사돈 양반이 웃으시며 이야기합니다.

"편안하게 말씀하세요."

하지만 워낙 주눅이 들었기에 감히 입을 뗄 수가 없었습니다. 아내가 다시금 손으로 내 팔을 잡아챕니다. 나는 메모지에 글을 적어 아내에게 건넸습니다.

"이야기해도 돼요?"

한심하다는 표정으로 말했습니다.

"하세요."

아들에게도 메모를 건넸습니다. 아들도 아내처럼 깊은 한숨을 내쉽니다.

"하세요."

둘의 승낙이 떨어지자, 봇물 터지듯 이야기를 쏟아냈습니다.

화제는 '착하고 예쁜 내 며느리'와 '며느리를 대하는 시아버지의 마음가짐과 행동'이었습니다. 사돈 내외가 예의상 '부족한 내 딸'이라는 말이 나오면 나는 진지한 목소리로 이야기했습니다.

"내 며느리한테 그런 말씀 하시면 정말 섭섭합니다. 입장을 바꿔 놓고 생각해 보십시오. 누가 사돈 며느님 되실 분이 부족하다

느니 못났다고 하시면 사돈 분들의 입장에서는 기분이 어떻겠습니까?"

사돈 내외의 환한 미소에 한 번 터진 입은 닫히지 않습니다.

"부족한 것으로 말하면 사돈 사위도 하자가 있죠. 하지만 자랑 같지만 제가 워낙 품성이 곱고 인품이 훌륭하기에 내 며느리는 사돈 사위가 마음에 안 들지만 시아버지를 보고 결혼을 결심했다고 합니다."

며느리를 보며 말했습니다.

"며늘! 내 이야기 맞지?"

며느리가 어이없어하면서도 밝은 미소로 답합니다.

"네. 맞아요. 아버님."

신이 난 나는 며느리와 새끼손가락을 걸며 힘찬 목소리로 말합니다.

"지금 이 순간 이후 내 며느님을 불편하게 하거나 구박하는 사람이 있으면 나한테 전화하거나 아니면 메모했다가 나에게 전해 줘라. 예쁜 내 며느리가 당한 만큼 아니 몇 배로 갚아 줄게. 네 뒤에는 내가 있으니 나를 믿고 네가 하고 싶은 대로 마음껏 하세요."

사돈 내외와 아내 그리고 아들과 며느리는 일방적인 나의 이야기에 넋이 나간 듯 멀뚱히 들으면서도 '오늘의 주제는 이것이 아닌데'라는 황망함이 가득했습니다. 하지만 나는 브레이크 없이

'며느리 칭송가 페달'을 계속 밟아 나갔습니다.

"내가 며느리 건강에 얼마나 신경을 쓰는데요. 잘 먹어야 건강하기에 내 어여쁜 며느님 만날 때마다 먹을거리를 챙겨 줍니다. 만나지 못하더라도 사돈 사위에게 내 며느리에게 진상하라며 먹을거리를 제공합니다. 제게 있어서 가장 행복한 순간은 며느님이 맛있게 드실 먹을거리를 진상하는 것이기 때문입니다."

내 말이 잠시 끝나자, 사부인이 환하게 웃으며 이야기했습니다.

"맞아요. 사돈댁에서 가져 온 군고구마는 정말 맛있었어요."

사부인의 말이 끝나자마자 화기애애한 분위기에 들뜬 나머지 나도 모르게 정색하며 말했습니다.

"아주머니! 어떻게 내 며느님이 드실 군고구마를 드실 수 있습니까?"

순간 나도 모르게 '아차' 하는 탄성이 뇌리에 가득 찼습니다. 나는 살면서 상견례 자리에서 안사돈 되는 분에게 '아주머니'라고 불렀다는 무지몽매한 인간의 이야기를 한 번도 들은 적이 없습니다. 가끔 말 실수를 하지만 이 정도의 극악무도한 실수는 내 평생에 단 한 번도 한 적이 없습니다.

순간 주변 분위기는 뻘쭘한 침묵 속에 빠져듭니다. 나는 얼굴을 감싸안으며 말했습니다.

"난 죽어야 합니다. 나 같은 놈은 당장 죽어야 합니다."

지혜로운 아내는 상견례에 어울리는 이야기를 얼른 끄집어냅니다.

"아이들 예단은 간략하게 하는 게 좋겠습니다."

"아이들의 신혼집에 더 필요한 것은 없을까요?"

난 얼굴을 감싸안은 후에는 단 한 마디도 하지 않았습니다. 이후 어떤 대화가 오고 갔는지 기억조차 안 납니다. 내 상태가 이렇게 불량한지라 사위나 며느리가 집에 방문할 때면 되도록 얼굴을 마주치지 않으려 노력합니다. 근신의 시간을 가져야 한다는 내 나름의 반성 표시이기도 하지만 시한폭탄이 언제 어떻게 터질지 모르기에 안 보는 것이 현명한 처신이라 판단했기 때문입니다.

며느님 생신

결혼 후 며느님의 첫 번째 생일입니다.

아내가 말합니다.

"뭐 해 줄 거야?"

"마음! 내 착한 며느리는 부인이나 자제분들같이 속물이 아닙니다. 진심으로 며느리 탄생 축하선물로 마음을 줄 거야. 나같이 순백의 영혼을 가진 내 며느리는 내 선물을 가장 기뻐할 겁니다."

"그래도 결혼하고 첫 생일인데…"

며느리에게 점수를 따고 싶은 아들이 말합니다.

"아빠! 며느리한테 뭐 해주실 거예요?"

"네 엄마 하나도 버거워. 그런데 왜 네 와이프 생일까지 내가 신경 써야 하냐? 앞으로 난 내 와이프를, 너는 네 와이프만 감당하는 것으로 하자."

아들은 실망한 표정을 짓습니다.

"아빠, 며느리 삐져요?"

"내가 밭에 있는 쌈채나 한 박스 줄게. 가장 신선하고 먹음직스러운 것으로….'"

"난 몰라요. 며느리 삐지면 책임지세요."

"너가 네 와이프 생일 선물 안 사준다고 한 분밖에 안 계신 시아버지에게 협박하는 것을 알면 오히려 내 며느리한테 넌 사망이다. 사망! 착한 시아버지 마음고생시키는 천인공노할 네 행위를 알면 내 며느리는 난리 칠 거다. 내 며느리는 너같이 속물이 아니거든. 내가 이런 이야기는 안 하려고 했는데 전생에 며느리와 나는 천사였단다. 원래 너랑 결혼 같은 것은 안 하려고 했는데 내가 워낙 품격 있고 인자하기에 나를 보고 결혼을 해 준 거지. 물론 내 며느리가 그런 말을 한 적은 한 번도 없었지만, 전생에 천사였던 사람들은 말을 안 해도 상대방의 마음을 읽을 수 있거든. 네가 천사 같은 내 며느리와 결혼 할 수 있었던 것은 다 내 덕택이야. 평생 나한테 고마워하면서 살아도 모자라. 그런데 이렇게 협박과 핍박으로 나를 몰아세우면 절대 안 되는 거다."

며느리에게 전화합니다.

"안녕. 며늘!"

난생처음 내 전화를 받아서인지 목소리에 긴장감이 느껴집니다.

"어머, 아버님. 안녕하세요."

"정말 품질이 낮은 애를 데리고 사니 엄청 힘들지."

"아니에요. 아버님. 저한테 잘해줘요."

"역시 내 며느리는 나처럼 자애롭기만 하구나. 보통 그런 애랑 살면 자신도 모르게 인간성이 망가지는데 감싸기까지 하니 너는 정말 너무 착하기만 하구나. 하지만 마음을 꾹꾹 누르면서 살면 시어머니와 사는 나처럼 속이 문드러지니, 나한테 그놈에 대한 험담을 속 시원히 하거라. 그래야 정신건강에 문제가 안 생겨. 난 그 애 상태를 아니까 네가 무슨 이야기를 해도 모두 다 이해한단다."

"아니에요. 아버님."

"이제 와서 하는 말인데. 네 시어머니가 아들 장가보내는 날 집에 와서 통곡하고 울더라."

"아주 섭섭하셨나 봐요."

정색하며 이야기를 이어 나갑니다.

"아니, 이제는 그놈 얼굴 안 봐서 살겠다고 가슴속에 쌓여 있던 '한' 같은 것이 터져 버린 거지. 어쨌든 그날 이후 시어머니는 한 번도 웃음을 잃어버린 적이 없단다."

며느리는 까르르 웃으며 이야기 합니다.

"아니에요. 저한테 잘해요."

"그건 그렇고, 네 생일날 선물을 사주고 싶은데 갖고 싶은 것 있으면 이야기해 줄 수 있겠냐?"

"됐어요. 아버님."

"네 시어머니는 항시 '됐어요, 됐어요' 하다가 결국 아무것도 안 해주면 최소한 한 달 이상 네 시아버지 잡더라. 그러니 원하는 선물을 말해 주는 것이 나를 살려주는 거다. 부탁이다."

생일날이 되었습니다. 화원에 가서 플라워 디자이너에게 이야기합니다.

"며느리 생신이신데 꽃 바구니 얼마나 하나요?"

이것저것 세팅된 꽃바구니를 보여주며 말합니다.

"보통 오만 원입니다. 특별한 것은 십만 원이고요."

"이런 것 말고 좀 더 품위 있고 격조 있게 만들면 얼마나 할까요?"

"죄송하지만 꽃바구니를 20만 원 정도에 맞춰줄 수는 없는지요."

"그 정도 크기의 꽃바구니는 이곳에 없어요."

"오늘 중에만 배달되면 됩니다. 이 세상에 하나뿐인 며느리의 첫 생일입니다. 착하고 예쁜 내 며느리가 행복해야 제가 생존할 수 있습니다. 부탁드리겠습니다."

"한 번 해보겠습니다."

디자이너는 듣지도 보지도 못한 꽃으로 꽃바구니를 만들어 보겠다고 합니다.

"완성되려면 시간이 얼마나 걸릴까요?"

"최소한 2시간 이상 걸릴 것 같습니다."

카드로 꽃 선물 대금을 정산한 후 지갑에서 5만 원을 꺼내어 디자이너에게 건넵니다.

"부탁드립니다. 불후의 명작을 만들어 주십시오. 돈으로 작품을 사겠다는 것이 아니라 디자이너님의 훌륭한 작품에 대한 감사의 표시로 생각해 주세요. 꼭 좋은 작품 부탁드립니다. 그리고 이 작품은 며느리 직장으로 배달하니까 며느리의 마음에 드는 것보다 직장 동료들의 마음에 감동을 주는 작품이었으면 고맙겠습니다."

디자이너는 환한 미소를 짓습니다.

"네, 최선을 다해보겠습니다."

화원을 나오면서 다시 이야기합니다.

"불쌍한 사람 살려준다고 생각하시고 좋은 작품 부탁드립니다."

집에 도착해 저녁때가 되자 아들에게서 전화가 왔습니다.

"아빠 혹시 제 집사람한테 꽃 배달 보냈어요?"

"무슨 꽃 배달?"

아내가 이야기합니다.

"며느리가 근무하는 회사에 누가 보냈는지 보낸 사람 이름도 없이 엄청 큰 꽃바구니가 며느리 앞에 도착해서 상사들도 그렇고 직원 동료들이 예쁘다고 난리가 아니래요."

"보내 준 사람 이름이 있을 거 아니오?"

"이름도 없이 보냈데요. 예쁘기는 정말 예쁘네요."

아내는 카톡으로 보내온 사진을 나에게 보여줍니다.

"정말 예쁘지 않나요? 며느리가 엄청나게 좋아해요. 이거 혹시 당신이 보낸 것 아니에요?"

"그거 보낼 돈 있으면 부인한테 주지. 내가 왜 외간 여인에게 꽃을 보내겠소."

보내는 이름은 적지 않았습니다. 단지 꽃바구니 리본에 '생신 경하드립니다'와 '항시 오늘같이 행복하십시오'만 적어 보냈습니다.

아내가 하도 궁금해하기에

"부인 내가 무슨 이야기 해도 절대 화내지 마."

"무슨 이야기인데."

"화를 안 낸다고 하면 이야기할게."

아내와 새끼손가락을 걸고 엄지손가락으로 도장을 찍습니다.

"정말 화내지 마. 사실 내가 보냈습니다."

"그럴 줄 알았어. 보냈다고 이야기하면 되지, 그것을 왜 이야기 안 해?"

"부인한테 혼날까 봐."

"잘했어요."

아내는 신이 난 목소리로 며느리에게 전화를 합니다. 며느리에게서 전화가 왔습니다.

"아버님 고맙습니다. 직원들은 물론 꽃바구니를 본 사람들마다 예쁘다며 다 부러워해요. 저도 이렇게 예쁜 꽃바구니는 처음 봅니다."

퉁명하게 며느리의 말을 자릅니다.

"내 며느리가 더 예쁩니다."

며느리가 퇴근 시간 무렵 다시 전화를 했습니다.

"아버님 친구들한테 꽃바구니 사진을 카톡으로 보내주었는데 친구들이 다 예쁘다며 난리가 아니에요. 그리고 아버님께 받은 것을 전부 부러워해요."

"내 며느리가 더 예쁘다니까. 앞으로는 친구들한테 네 사진을 보내. 그럼 더 예쁘다고 난리가 날 테니까."

"고맙습니다. 아버님."

잠자리에 들 무렵 며느리한테 또 전화가 왔습니다. 하루 종일 직장에서 피곤했을 텐데 목소리가 밝았습니다.

"꽃바구니가 크고 무거워서 집으로 들고 오느라 죽는 줄 알았어요. 어머님이 오셔서 꽃바구니를 보더니 엄청나게 부러워해요."

"며늘 좋으냐?"

"네."

"난 며느님이 행복하면 나도 행복하단다. 앞으로도 오늘같이 행복하게만 살았으면 좋겠다."

세 번이나 고맙다는 전화를 받으며 나는 다짐했습니다. 며느리가 이토록 좋아하니 내가 시아버지로 존재하는 한 며느리 얼굴에 최소한 일 년에 한 번은 행복한 미소를 그려 놓겠노라고.

아내의 된장찌개

아내는 음식에 관한 한 무한한 절망감을 선사합니다. 소심한 자제분들은 오랜 적응력과 가출해 사는 삶보다는 이 집에서 구차한 삶을 영위하는 것이 낫다는 판단에서 가끔가다 '엄마, 맛있어요'라고 아내의 비위를 맞추는데 나는 아버지 된 도리로 차마 얼굴을 들지 못합니다

나는 고기류의 식사를 좋아하지 않습니다. 심성이 워낙 고운 탓으로 육류보다는 김치나 된장찌개를 좋아합니다. 제 식성을 알면서도 아내는 자신의 컨디션에 따라 반찬이 만들어집니다. 반찬을 이미 결정해 놓고도 심심풀이 삼아 가만히 앉아 있는 개구리에게 돌을 던집니다.

"먹고 싶은 것 있으면 말해?"

기대도 하지 않지만 이야기해 보았자 좋은 이야기를 듣지 못

하는 것이 워낙 자명하기에 볼멘소리로 답을 합니다.

"안 해줄 거잖아요. 그냥 부인 마음대로 하세요."

침울한 내 모습이 재미있는지 조롱 섞인 목소리로 말합니다.

"그래도 해 봐."

"더 이상 상처 받기 싫습니다. 그냥 아무거나 해주세요."

두 손으로 내 몸을 잡아 흔듭니다.

"혹시 알아. 말해 봐?"

단순한 나는 아내의 꼬임에 말합니다.

"김밥이요."

내 말이 끝나자 아내의 안색이 변합니다.

"장도 안 봤는데 재료가 어디 있냐?"

"그러니까 말 안 한다고 했잖아요."

아내의 목소리는 뻣뻣하게 굳어있습니다.

"다른 거?"

"된장찌개요."

"두부가 없잖아."

"그냥 감자만 넣고 끓여 주세요."

"된장찌개는 두부가 없으면 제맛이 안 나. 그리고 그게 얼마나 어려운 음식인데 갑자기 해 달란다고 나오는 게 아니야."

된장찌개가 맛있어서 끓여 달라고 하는 게 아닙니다. 그나마 한 끼를 속일 수 있는 품목은 아내의 음식 솜씨에서는 찾을 수 없기에 나온 궁여지책입니다.

찌개를 끓이면 기본 10인분을 하십니다. 맛있는 된장찌개와는 별개의 맛을 내는 찌개이기도 하지만 워낙 많은 양의 찌개이기에 이틀 정도는 어떻게 먹어봅니다. 삼 일이 지난 후에는 불쌍한 내 수저가 찌개의 사정거리 밖에서 방황하기 시작합니다. 하지만 먹어야 살기에 식탁의 난관 속에서는 최소한 밥 한 공기는 항시 비웁니다.

나의 사정을 도외시한 아내는 자신의 음식 솜씨에 스스로 함몰되어 자족의 미소를 짓기도 합니다. 그런 미소는 내 인내의 한계치를 벗어납니다. 나도 모르게 아내에게 이야기할 수밖에 없습니다.

"부인은 아무런 말도 못 하고 눈치나 보며 슬픈 삶을 연명하는 착한 개구리에게 심심풀이 삼아 돌팔매질하며 생활하는 게 행복하신지요?"

가족 중 유일하게 자신의 의사 표시를 잘하는 큰 놈이 짜증 섞인 목소리로 이야기합니다.

"엄마, 음식 가지고 장난치지 마세요."

가족들의 반찬 투정에 익숙한 아내는 조금도 개의치 않습니다.

결혼한 지 30년쯤 지났을까요. 하늘이 놀라고 땅도 놀랄만한 일이 벌어졌습니다. 아내가 만든 된장찌개에 내 수저가 미친 듯이 들락거리는 것이었습니다. '아내가 미쳤어요'라는 말이 나도 모르게 새어 나옵니다. 입안에서도 '맛있다'는 찬사가 터져 나옵니다. 내가 먹어 본 된장찌개 중 이렇게 맛있는 된장찌개를 먹어 본 적이 없습니다.

명색이 주부인지라 '된장찌개를 해주겠다'고 하면 맛도 식상한 데다가 버리는 것이 워낙 많기에 보통 '하지 마세요'로 답을 주어도 한 번 끓이면 최소한 3일 이상 식탁 위에 올려 반찬 걱정은 안 하기에 아내는 침울해하는 내 눈총을 받으면서도 무던히도 찌개를 끓여 왔습니다.

"인간 승리입니다. 나한테 찌개를 만들면서 그렇게 험담과 질타를 받으면서도 이런 맛있는 찌개를 만들어 낸 것을 보면 인간 승리입니다. 정말 너무 맛있습니다."

그동안 당신이 만든 된장찌개에는 단 한 번도 수저를 집어넣지 않았던 아내의 수저마저 쉴 새 없이 찌개 그릇을 방문합니다. 결혼 후 식탁에서 이렇게 환한 미소를 짓는 아내를 처음 보았습니다.

"내가 안 해서 그렇지. 마음만 먹어 봐. 이 정도는 일도 아니지."

사위가 딸과 결혼하기 전 인사를 온다고 합니다. 반찬 고민을 하는 아내에게 메뉴를 추천했습니다.

"부인의 된장찌개는 천하의 으뜸이니 다른 반찬은 필요 없고 그것만 해도 사위는 감동할 것입니다."

아내는 이런저런 반찬으로 구색을 맞추면서 된장찌개를 끓여 놓았습니다. 최근에 먹었던 된장찌개에 존재하지 않았던 '깊은 맛'까지 입 안 전체에 담겨지고 있었습니다. 속된 표현으로 인간이라면 이렇게 맛있는 맛을 낼 수 없을 지경이라는 확신까지 갖게 하는 순간이었습니다. 내 입이 워낙 까탈스럽기에 음식 맛에 대한 평점이 낮았는데 지금 마주한 찌개는 95점을 주어도 부족하지 않았습니다. 이런 맛을 낼 수 있었는데도 여태까지 나를 기만한 아내에게 분노가 치밀어 오르는 것은 너무나도 당연한 것입니다. 수저를 식탁에 내려놓으며 아내에게 지그시 차가운 눈길을 보내면서 사위에게 이야기합니다.

"사위!"

"네 아버님."

"된장찌개 맛이 어떤가?"

"정말 맛있습니다."

한 번도 이 집에서 된장찌개를 안 먹던 세 아이의 수저도 찌개를 찾아가고 있었습니다. 다시 사위에게 이야기합니다.

"자네 오늘 이 맛 꼭 기억하시게."

"네?"

"자네 장모와 삼십 몇 년을 넘게 살아왔지만 이렇게 맛있게 끓인 찌개는 처음 먹어보네. 사위 준다고 이렇게 맛있게 끓일 수 있는 장모가 몇 십 년간 남편이나 가족들에게는 한 번도 안 끓여 주었을까 생각하니 자존심도 상하고 내 자신이 비참해지기도 하네. 하지만 이런 것을 다시 얻어먹으려면 자네가 식탁에 앉아야 한다는 것을 깨달았네. 그러니 이 맛을 꼭 기억해 주시게."

아내는 내 넋두리에 얼굴을 붉히며 이야기합니다.

"또 해 줄게. 어린애같이 보채지 좀 마요."

"꼭 해 주어야 합니다. 지금 사위가 먹는 된장찌개의 맛으로 꼭 해 주어야 합니다. 꼭이요."

"알았으니 조용히 식사나 하세요. 무슨 장인이 사위 앞에서 이리도 말이 많은지…."

시간이 흐릅니다. 사위는 두 아이의 아버지가 되었습니다.

내가 '사위님이 드시던 된장찌개'를 외쳐보지만, 공허한 메아리일 뿐입니다. 사위가 와도 밥상에 된장찌개가 올라온 적이 없습니다. 아내는 내가 그토록 만나기 싫어했던 예전 된장찌개의 맛으로 만남을 성사시켜 줍니다.

시간이 흐르면 아내들의 음식 솜씨는 진화하건만 시간의 흐름에 맞서 당당히 새색시의 손맛을 지키는 아내의 의연함에 경외의 찬사를 보낼 수밖에 없습니다.

출가외인인 줄 알았는데

딸과 결혼하겠다고 사위가 인사를 왔습니다. 집에서 완전히 나가겠다고 하니 마음이 들뜹니다. 우리 집에서 가장 안하무인이신 따님을 안 볼 수 있다는 것은 너무나도 매혹적인 사건입니다.

내 팔자만 한탄하며 우울함의 늪에서 허우적거릴 때 그분을 이 집에서 제거해 주겠다고 하니 한 번도 만난 적이 없는 사위가 고맙고 감사하기만 합니다. 한 번만 보아도 단숨에 그분의 실체를 알아보았을 텐데, 결혼하겠다는 사위의 정신세계도 예사롭지 않을 것이라고 짐작은 했지만, 혹시 '집을 잘못 왔습니다. 제가 결혼 하고자 하는 분은 이분이 아닙니다'라는 말을 할 것만 같아 불안하기도 했습니다.

전전긍긍하던 차에 사위가 되실 분이 집에 도착했습니다. 사위를 서재로 데리고 가 둘만의 이야기 시간을 가졌습니다.

"바둑 둘 줄 아나?"

"잘 못 두는데요."

"화투 칠 줄은 아나?"

"전 그런 것에 흥미가 없습니다."

"내 이것만 자네에게 부탁함세."

"네. 아버님."

"바둑으로 치면 일수불퇴. 화투로 치면 낙장불입. 한 번 결혼하면 죽이 되든 밥이 되든 둘이서 모든 일을 해결하고 자네 집이나 우리 집에 신경을 안 쓰게 해주었으면 하네."

그는 당당한 목소리로 말했습니다.

"걱정 안 끼치도록 열심히 살겠습니다."

"고맙네. 말이 나왔으니 부탁 하나만 함세."

"네."

"옛말에 '출가외인'이라는 훌륭한 말씀이 있네. 내가 아무리 좋은 이야기를 해도 자네 장모님이나 부인 되실 분 모두 소귀에 경 읽기네. 자네라도 자네 부인에게 삼종지도를 깨닫게 하고 출가외인으로서 몸가짐을 반듯이 해, 타의 모범이 되었으면 하네."

"네. 아버님, 걱정하지 마십시오."

"사람은 오랜만에 만나야 깊은 정이 쌓이는 것이라네. 일 년에 한 번, 아니 십 년에 한 번 처갓집에 와야 장모와 딸의 관계가 돈독해지네. 현명한 자네는 내 말뜻이 무엇인지 잘 안다고 믿어도 되겠지."

"네."

대화가 되는 사위라 생각되니 그의 등을 다독이는 손에는 온기가 가득했습니다.

어머님께 사위가 인사를 갔습니다. 어머님은 키도 훤칠한 데다가 식사하는 모습이나 행동거지 하나하나가 모두 맘에 드셨는지 흡족한 모습으로 사위를 대했습니다. 다음에 어머님 댁에 들르니 즐거운 목소리로 사위에 대해 말씀하십니다.

"얘, 네 사위 될 애가 너무 괜찮더라. 인물 좋고 키도 훤칠하고 순하게 생긴 데다가 밥도 잘 먹고 반찬도 가리는 것 없이 복스럽게 먹더라. 그렇게 밥을 복스럽게 먹으면 결혼해서 잘산다고 하던데."

어머님이 마음에 들어 하시니 듣는 입장에서도 기분이 좋아졌습니다.

"어떻게 네 딸이 그런 좋은 신랑을 만났냐?"

"제 복이죠. 뭐."

어머님은 아내의 눈치를 보며 작은 목소리로 말합니다.

"내가 네 사위를 보고 있자니 나도 모르게 '불쌍한 놈'이라는 생각이 들더라. 그러니 네가 잘해 줘."

불쌍한 놈이란 말에 나도 모르게 웃음이 터져 나왔습니다. 어쨌든 내 따님의 상태가 이렇기에 결혼을 한다고 하니 즐겁지 않을 수가 없습니다. 하지만 결혼을 한 따님은 내가 아무리 출가외인으로서의 기본적 양식과 처신을 하라고 해도 들은 척도 안 하십니다.

"따님, 결혼을 하시고 나서 이렇게 친정 출입이 잦으시면 사돈분들이 보기에 처갓집은 참으로 교양이 없네. 나이가 서른이 넘었는데도 여인이 기본적으로 알아야 할 교육이라고는 전혀 안 됐다고 생각하실 겁니다. 따님이나 제 부인이 욕먹는 것은 상관없는데 저까지 욕을 먹습니다. 그러니 저의 집 출입을 자제하시는 게 좋겠습니다."

"제가 오는 게 싫어요?"

"오는 것은 상관없는데 빈손으로 가시지 않으려고 하는 게 문제입니다. 각종 양념이랑 반찬거리, 하물며 저의 집에서 먹던 라면까지 왜 들었다가 놓았다가 하시는지요. 전 따님이 문을 열고 들어오면 가슴이 답답해지면서 호흡하는 것마저 힘듭니다. 때로는 경기까지 일으킵니다. 왜 따님만 보면 이런 증상을 느끼는지 그 이유는 알 수 없습니다. 확실한 것은 따님을 사랑해서 나오는 증상은 절대 아니라는 사실입니다."

그녀는 쇼핑백에 집으로 가져갈 오만가지 것들을 집어넣습니다.

"제 집사람이 따님 쇼핑 결제 맨도 아닌데 허구한 날 호출해 구매는 따님이, 결재는 집사람이 하는 겁니까? 다른 사람들은 분업이 잘된 제 부인과 따님을 흐뭇한 눈으로 볼지 몰라도 두 분의 행태를 보는 저는 피눈물이 난답니다."

배움이 깊고 교양이 가득한 내 말에 그녀는 쇼핑백에 담은 것들을 꺼내 놓습니다.

"알았어요. 안 가져가요. 오늘부터 이곳에서 살 거예요. 그래도 아빠 생각해서 결혼해 주었는데 그런 말까지 들어가면서 나가서 살 필요가 없잖아요. 앞으로 여기서 아빠한테 빨대나 꽂고 편하게 살 거예요."

난 기겁할 수밖에 없었습니다.

"잘못했다. 넌 성질이 급한 게 탈이다. 한국말은 끝까지 들어봐야지, 중간에 끊으면 되냐?"

따님은 암팡진 눈으로 저를 쳐다봅니다.

"제 이야기의 최종 목적지는 제가 집까지 배달해 드려야 하는데 그렇지 못한 것을 사죄하는 것이 하나요. 가지고 가시는 것이 너무 빈약해 우리 부부를 생각해 주시는 통 큰 아량에 감읍한다는 것이 두 번째입니다. 텅 빈 냉장고를 보면서 제 부인에게 냉장고 정리를 손쉽게 해주는 따님의 은총에 치를 떠는 것이 세 번째입니다. 저희 부부에게 이렇게 하해 같은 아량을 베풀어 주시는 분이 이렇게 누추한 구리에 거처하신다니 그것은 말도 안 됩니다. 지금보다는 틈틈이 만나 지속적인 애증의 시간을 갖게 해 주는 것이 훌륭한 따님으로서 해야 할 소임이라고 사료됩니다."

따님은 머릿속으로 계산기를 두드립니다.

"머리도 안 좋으신 분이 생각 같은 거 하면 건강에 안 좋습니다. 그냥 눈에 띄는 것 대충 가지고 가시고 다음에 또 가져가시면 됩니다."

"이번 한 번만 봐줄게요. 다음부터는 조심하세요."

"역시 따님은 대범하십니다."

아내에게 이런 일이

결혼 후 아내의 기상시간은 늘 12시였습니다.

"세 아이를 둔 엄마는 그 시간에 일어나시면 안 됩니다"라고 진언을 올리지만 아내는 당당하게 말씀하십니다.

"늦게 일어나야 미인이 되는 거야."

만약 섣부른 행동으로 아내의 기상 시간에 변동을 만들 시엔 나와 세 아이는 초긴장 속에서 아내의 눈길을 벗어나기에 급급합니다. 그분이 아무리 늦잠을 주무셔도 미인으로 변모된다는 것을 느낄 수 없었지만, 호구를 해결해야 하는 입장에서는 그분의 심기를 건드릴 수는 없습니다. 심지어 그분은

"예전에 용한 점쟁이가 말했어. 내 팔자는 손에 물 한 방울 안 묻힌다고…. 수많은 하인들 데리고 사는 팔자라고."

나는 그녀의 말을 인정할 수밖에 없었습니다.

"하긴, 당신은 머슴 셋, 하녀 하나. 이렇게 아랫것들을 넷이나 거느리고 있으니…."

"정말 타고 난 팔자라는 것이 있나봐. 마트를 가고 슈퍼에 장을 보러 가면 저 조그만 딸아이가 장바구니를 들고 다녀. 내가 들 테니 달라고 해도 부득부득 저 애가 들어."

"부인이 독해서 그런 거야. 평상시 부인의 처신은 친모보다는 계모에 가깝거든. 우리 집 상황이라면 다른 아이들은 가출도 고려할 텐데. 우리 집 애들은 그런 생각은커녕 이곳에서 적응하려고 부단히 노력하지. 하기야 나도 아이들 걱정할 처지 아니고…."

"정말 우리 집 애들은 너무 착한 것 같아."

"얼마 전에 손가락이 하도 가려워 약국에 갔더니 주부습진이라고 하더라. 설거지를 얼마나 했으면 주부습진이 다 걸리냐?"

옛말에 '권불십년'이라고 아무리 하늘을 뒤덮을 권세가라 해도 십 년 이상 자신의 권세를 유지하지 못하는 것이 세상의 이치거늘, 아내의 부귀영화는 삼십 년이 흘렀지만, 역성혁명의 기운은 한 톨도 없었고 오히려 이 집의 실세인 아내의 비위를 맞추면서 자신의 안위나 돌보는 처지를 당연히 여기는 시류가 팽배했습니다. 나 역시 역행할 생각은 꿈도 못 꾸고 현실과 타협하며 비루한 삶에 만족하며 살고 있었습니다. 그나마 아내에게 간간이 이의를 제기하던 딸이 시집을 갔습니다.

아내는 자택에서 한 번도 빗자루를 드신 적이 없습니다. 아내는 집안에 뽀얀 먼지가 쌓이는 것을 보면서 심신에 안정감을 느끼시는 것 같았습니다. 저 역시 체념의 시간 속에서 현실에 타협하는 것이 호구를 연명하는 최선이라 생각하며 살아왔습니다. 그렇게 위대하신 아내라는 분이 딸의 신혼집에서 청소라는 것을 하십니다. 난생처음 하시는 청소인데 따님은 핀잔을 줍니다. 아내는 화를 내기는커녕 눈치를 보면서 청소합니다.

그런 혼돈의 시간 속에서 따님이 손주를 만들었습니다. 출산한 이후 아내는 하루가 멀다고 따님 집으로 출근합니다.
아내는 상상 이상으로 체력이 부실합니다. 이층집 계단을 올라가는 것도 힘에 겨워하십니다. 그러니 웬만한 일이 아니면 출타하시는 것도 꺼려하십니다. 이런 상태의 부인이 청소하고 딸 수발과 손주 뒤처리를 해 주면 고마워하고 감사해야 하건만 따님은 하염없이 아내를 압박합니다. 잠시 아내가 집에 있으면 핸드폰은 불이 납니다.
"알았어. 미안해. 다음에 잘할게."
아내는 무슨 큰 죄라도 지었는지 주눅 든 목소리로 조아립니다. 맨 처음 아내의 그런 모습은 낯설기도 했지만, 한편으로는 가슴속 응어리가 사라지는 통쾌함도 맛보았습니다. 아내의 모습에서 '고소하다' '쌤통이다'라는 사멸된 단어가 내 가슴에 생기를 주면서 되살아나는 감동을 맛보는 것은 아름다운 충격이기도 했습니다.

그런데 그런 상황이 보름이 되고 한 달이 지나도 사그라지기는커녕 더욱 거세어져 갑니다. 따님은 자신의 자제를 낳은 것이 큰 벼슬이라도 한 듯이 유세를 떱니다. 그토록 고고하던 아내가 몸종으로 전락했습니다.

"엄마! 손 깨끗하게 씻고 만져. 애 병난단 말이야. 젖병은 나오는 데로 끓는 물에 삶고, 기저귀는 조금이라도 소변을 본 것 같으면 무조건 갈아."

아내는 딸의 잔소리에 불쾌해하기는커녕 대견스러워합니다.

"내가 아이들을 키울 때는 기저귀를 잘 안 갈아 주어서 사타구니가 짓무르기도 했는데 애 사타구니가 너무 뽀송뽀송해. 악을 써서 그렇지, 애를 뽀송뽀송하게 잘 키워."

자신의 아이들은 방목의 개념으로 대충 키우신 부인의 입장에서 하셔서는 안 되는 말씀이지만 별 탈 없이 손자를 키우는 딸이 대견스러운가 봅니다.

"요즘 부인을 보면 부귀영화를 누리고 사시던 대갓집 부인이 하루아침에 몰락해 못된 주인마님 수발을 드는 노비로 전락한 것 같아."

"그럼 어떻게 해? 애를 보는 것이 얼마나 힘든데. 집안일 돌보랴, 애 돌보랴, 정말 힘들어."

"부인 같은 분도 셋을 키웠어요."

"그 시절이랑 지금이랑 같아."

"다른 것은 여차하고 부인 따님은 정말 너무 한 것 같아. 무도하기가 부인과 견주어 만만치 않은 것은 알았지만 지금은 가족들에게 행하는 걸 보면 부인은 이제 따님 발끝도 못 쫓아가는 것 같습니다. 아예 부인을 자기 몸종 부리듯이 부려. 그리고 온갖 짜증은 다 퍼 붇고. 어쨌든 당신이 모친인데 마치 지가 윗사람인 것처럼 행동하고. 내가 한마디 해야겠어."

"관둬요. 애가 낮과 밤이 바뀌어서 밤에 한숨도 못 자는 탓에 얼굴이고 몸이고 퉁퉁 부었어. 그래도 자기 새끼라고 얼마나 감싸고 도는데."

"당신은 집을 나서면 생기가 돈는데 돈 떨어지고 몸이 망가져야만 집을 찾습니다. 몸이 망가진 상태로 집에 오시면 항시 '나, 죽소!'를 외치시며 인사불성으로 쓰러지시지요. 중간에 깨우는 분은 사망이고요. 그런데 지금은 딸네 집에서 돌아와 '나, 죽소!'를 외치다가도 따님의 전화가 오면 불철주야 총알같이 뛰어나가십니다. 그리고 다시 귀가하시면 쓰러져 눕기에 바쁩니다. 그러면 내가 당신 뒷수발을 들어야 합니다. 당신 말마따나 손주가 당신 손주지 내 새끼는 아니지 않습니까? 당신 손주 때문에 왜 내가 피해를 보아야 하는지 이해가 안 갑니다. 앞으로는 당신 손주 때문에 내가 피해를 보는 일은 없었으면 합니다."

"하지만 어떡해. 오죽하면 나 같은 사람한테 도움을 청하겠냐고? 다른 친구들은 손주들 돌보는 것이 쉽다고도 하는데 당신도 알다시피 내가 워낙 손이 느린 데다가 일머리가 없잖아. 그러니 손주를 돌보는 내가 마음에 안들 수밖에…."

손주가 돌이 지나 조금씩 걸음마를 하는데 딸이 임신했다고 아내가 좋아합니다.

"부인 이사 가자. 이민을 가도 좋아. 네 딸과 내왕할 수 없는 곳이면 어디든지 가자. 지금 애 하나여도 이렇게 진이 빠지는데 둘이라니?"

아내도 자신의 육체적 한계를 알고 있기에 노심초사합니다.

"부인, 너 사망한다. 사망. 지금 애 하나 갖고도 사망하기 일보 직전인데 하나를 더…. 됐다. 이사 가자. 그것이 여의치 않으면 이번 기회에 따님에게 확실하게 절교 통보하던가."

하지만 딸의 출산은 또 다른 기대감으로 그녀를 들뜨게 만들어 줄 뿐이었습니다. 드디어 따님이 손녀를 낳았습니다. 손녀를 보았다는 기쁨으로 집을 나서는 아내를 가로막습니다.

"딸과 손주와 절교하고 나랑 살 것인지, 아니면 나랑 절교하고 수준 없는 하남에 있는 애들하고 놀 것인지를 명확히 하세요. 양단간 결정하기 전에는 못 나갑니다."

아내는 간단명료하게 말씀하시며 나를 밀치고 집을 나섭니다.

"알았어. 당신과 절교 해줄게. 됐지."

예전보다 더 이른 시간에 더 빈번하게 문을 나섭니다. 장모님이 아프셔도 '가야지'란 말만 하고 웬만하면 움직이지 않던 분이십니다. 오히려 아흔 넘으신 장모님이 아내의 몸이 걱정되어 버스를 타고 오셔서 아내의 얼굴을 마주하는 지경입니다.

그런 아내가 지친 몸이 역력해 '죽겠다'라는 말을 달고 살아도 눈만 뜨면 따님 집에 출근하십니다. 낮 12시에 일어나시던 분이 어떤 때에는 오전 8시에 기상하시어 따님 집으로 갑니다. 집으로 퇴근하시면 오시자마자 방안에 대자로 뻗으십니다. 내가 간절하게 저녁 먹으라고 해야 마지못해 한 수저 뜨십니다.

"앞으로는 가지 마세요. 죽고 싶어 환장했냐? 당신 혼자 몸을 추스르는 것도 버거운 데 뻔질나게 아이들 돌본다고 딸 집으로 가는 데 결국은 당신 잡고 말아. 자고로 손주 키운 공 없다고. 나중에 애들이나 따님이 고맙다고 하기는커녕 욕만 안 먹어도 다행이지. 그러니 당신 몸이나 챙겨."

집에 와서 아무것도 하지 못하는 처지이기에 아내는 아무 말도 하지 못합니다. 하지만 그녀의 눈동자에는 손주들의 귀여운 모습이 듬뿍 담겨 있습니다. 어떤 것도 그것을 지울 수는 없습니다.

"참 우리가 너무 오래 산 것 같다. 원래 당신의 영혼은 이기심으로 가득하셔서 당신 기분으로 가족들의 안위가 결정되었고 당신 안색으로 집안 분위기를 좌지우지해 오셨는데 환갑이 넘은 지금 당신 친자식도 아닌데도 손주라는 분이 나타난 후 당신의 일관성 있던 삶은 사라지고 커다란 오욕의 순간이 만들어지고 있다는 것을 알기나 하시오?"

"아이들이 얼마나 귀엽고 사랑스러운 데요."

어느 날 갑자기 부귀영화를 만끽하던 그 호사로움이 사라져 버렸건만 아내의 눈빛은 맑게 빛나고 있었습니다.

모두 다 떠나간 그녀 곁에는 이제는 늙고 병든 머슴 하나만이 그 모습을 안쓰러워합니다. 아내의 몸은 내일도 '죽겠다'라는 아우성으로 나를 괴롭힐 것입니다. 그다음 날도 아내의 지친 기색이 나를 짜증 나게 할 것입니다.

귀가하면서 약이라도 사서 귀가하시면 좋으련만 감기와 몸살을 안고 지친 몸으로 오십니다. 힘들어하는 그 분의 모습을 보는 것도 안타깝기에 약국을 찾아 나설 수밖에 없습니다. 증상에 맞지 않는 약을 사서 가져왔다고 타박합니다. 그러기에 어떤 때에는 매일 그 분의 약을 사러 갑니다. 이제는 눈인사를 건넬 만큼 낯이 익숙해진 약사에게 이야기합니다.

"제가 먹을 것도 아닌데 매일 이렇게 집사람의 약을 사러 오는 제가 너무 불쌍하죠?"

"아니요! 남들도 다 그렇게 사는데요. 뭐."

"그분들은 아내가 집안일을 돌보느라 과로하셔서 몸이 안 좋아지셨으니 당연히 약을 사다 드리겠죠. 하지만 제 집사람은 가사에 대해서는 항시 모르쇠로 일관하십니다. 요즘은 기상하시면 때로는 세수도 안 하시고 출타하십니다. 병들고 몸이 망가져야 귀가하십니다. 오시자마자 이불을 뒤집어쓰고 '나 죽소'라고 앓습니다."

"힘든 일을 하시나 봐요?"

"자기 서방과 자제분은 내팽개치고 남의 자식들 돌보느라 몸을 혹사하십니다. 딸이 애가 둘인데 매일 눈만 뜨면 그곳으로 뛰어나가십니다. 서방이 굶어 죽든지 말든지 오로지 손주들 걱정만 하면서 사십니다. 최소한 집에 들어오면 남의 자식 이야기는 꺼내지 말아야 하는데…. 옆에 서방이 두 눈 뜨고 살아있는데 제 곁에서 남의 자식 이야기만 하고 있습니다."

"아, 손주가 둘이에요. 그러면 할머니가 도와주어야죠."

"남의 자식인데요."

"어떻게 손주가 남의 자식이에요. 아버님 피붙이예요."

"말이 나왔으니 하는 말입니다. 제가 보기에는 멀쩡해 보이지만 속이 시꺼멓게 타들어 가 오장육부가 다 망가졌습니다. 그리고 아내가 가사를 내팽개치고 외도를 만끽하는 모습에 내가 얼마나 많은 스트레스를 받았겠습니까? 매일 받는 스트레스가 쌓이고 우울증도 심화해 치유가 불가능으로 악화됐습니다. 이제는 아내의 약이 필요 없고 제 앞가림이라도 하게 제 증상에 맞는 약이나 처방해 주십시오."

내가 웃으며 말을 하니 약사는 나와 비견되는 미소로 답합니다.

"아버님! 아버님은 절대로 우울증이 아닙니다."

나의 증상을 부정하는 약사의 말에 약이 올랐습니다.

"아닙니다. 저는 우울증 맞습니다. 우울증 약 주십시오."

약사는 내 증상은 들은 척도 안 하고 아내의 약만 지어줍니다.

"아니에요. 아버님은 우울증이 아닙니다. 걱정 안 하셔도 됩니다."

약사의 위치에서 환자인 나를 무시하는 그의 표정에 화가 났습니다.

"죄송하지만 선생님! 돌팔이죠? 저는 결혼하자마자 우울증에 걸렸습니다. 가족들이 걱정할까 봐 제 병을 꾹꾹 숨기고 살았는데 이제 한계에 봉착해 늦게나마 치유해 보려고 병명을 밝히는 것입니다. 매일 외도에 지친 아내에게 밥을 해 먹이고 이렇게 약을 사러 와야 하는데 어떻게 우울증이 안 생기겠습니까? 오늘은 이만 갈 테니 다음에 제가 오면 제 증상에 맞는 약을 처방해 주시길 부탁드립니다."

약국 문을 열고 나가는 나에게 의사는 웃음 가득한 목소리로 말합니다.

"아버님은 절대로 우울증에 안 걸리니 걱정하지 마세요."

내 마음이 약사를 향해 큰 소리로 말합니다.

돌⋯ 팔⋯ 이⋯.

손주가 뭐길래

아이를 좋아하지 않았는데 새근새근 잠자는 손자의 얼굴을 보고 있노라면 이상하게도 마음이 편안해집니다. 동화책에서만 대했던 '천사의 미소'를 손주에게서 발견합니다. 그 모습을 보고 있노라면 시간 가는 줄 모르고 손주의 미소에 나의 얼굴도 물들어 가는 것을 느낍니다.

아내가 이야기합니다.

"당신 표정이 많이 부드러워진 거 알아? 당신은 항상 무표정했는데 손주가 있고 난 후부터 많이 밝아졌어. 보기가 너무 좋아."

"칼도 안 들고, 말도 제대로 못 하면서 나한테 삥을 뜯는 노련한 솜씨에 어이가 없어서 짓는 표정일 뿐이야."

손주가 있는 사람들이 '손주를 이길 수 없어'라고 말할 때마다 '내 자식한테도 이겼는데요'라고 호기어린 응대를 했었는데 이젠 그 말이 허언이 되어 사라지고 손주라는 말만 들어도 흐뭇함을 느끼는 내 모습을 봅니다.

두 손으로 우유병을 잡기도 서툴던 손주 놈이 이제는 제법 두 발로 뛰어 다닙니다. 손주는 새우깡과 딸기 아이스크림을 좋아합니다. 우리 집 서재에는 새우깡 20개가 들어있는 박스가 있습니다. 서재 뒷문을 열면 냉동고에 항시 10개 정도의 딸기 아이스크림을 포함한 각종 아이스크림이 준비되어 있습니다. 자존심 상하지만 손주가 나와 놀아주는 유일한 무기이기 때문입니다.

손주는 현관문을 뽀로로 달려서 집안으로 들어 왔다가 아내와 나를 보면 멈칫합니다. 나는 환하게 두 팔을 벌리고 앞에 있는데 할머니는 뒤에서 미소만 짓습니다. '손주가 좋아하는 것은 자신' 이라는 자신감이 있기에 승자의 모습으로 팔짱을 끼고 가만히 서 있을 뿐입니다.

손주 놈의 눈과 마음도 할머니한테 향하는데 생뚱맞게 할아버지가 바로 앞에서 두 팔을 벌리니 난처할 수밖에 없습니다. 모든 사정을 무시하고 손주의 손을 끌다시피 서재로 데려갑니다. 자신이 서재로 가고 있다는 것을 알게 되었을 때야 비로소 무거웠던 발걸음은 강아지처럼 힘차게 달려갑니다.

어차피 끌려가는 것인데 빨리 과자하고 아이스크림 먹고 할머니한테 가야 한다는 마음이 읽히지만 밉지 않습니다. 새우깡 박스에서 한 봉지의 새우깡을 꺼내어 두 손으로 힘차게 봉지를 뜯어서 아이가 두 손 가득 새우깡을 꺼낼 수 있게 해줍니다.

"맛있지?"

"네."

꼬물거리면서 먹는 모습이 왜 그리 예쁘고 사랑스러운지 먹는 모습을 지켜보는 나는 흐뭇하기만 합니다.

"할아버지가 제일 행복한 순간은 한별이가 맛있게 먹는 모습입니다. 한별이가 가장 행복한 것은 할아버지가 한별이를 보면서 행복해하는 모습을 보는 겁니다. 한별아, 할아버지 말이 맞지?"

고사리 같은 손으로 새우깡을 입에 넣으면서 고개를 끄덕입니다.

"네."

두 손으로 그를 번쩍 들어 올립니다. 손주 놈에게 할아버지의 효용성을 깨닫게 해주기 위함입니다. 냉동고의 문을 열고 가득 쌓여 있는 아이스크림을 보여줍니다. 손주의 눈이 동그래집니다. 빛이 납니다.

"와, 딸기 아이스크림이다."

"이거 누구 것?"

"한별이 것."

"몇 개 꺼내 줄까?"

"하나만 주세요."

"한별이 손이 두 개니까 한 손에 하나씩, 두 개를 집어야지."

"먹으면서 흘리기 때문에 안 돼요. 하나만 주세요."

"와! 먹다가 녹아서 흘리는 것도 아네. 넌 할아버지 닮아 천재다. 천재. 욕심 많은 한별이 엄마나 할머니였다면 녹는 것도 모르고 바보같이 두 개 집었을 터인데 똑똑한 한별이는 한 개만 집는구나."

손주는 정색합니다.

"아니에요. 엄마 바보 아니에요."

"아닙니다. 한별이 엄마는 바보가 맞답니다."

"아니에요. 엄마는 바보가 아닙니다."

난 손주를 껴안아 주면서 말합니다.

"엄마가 나쁘다는 말도 못 하고…. 아이고 불쌍한 내 새끼."

과자와 아이스크림을 먹으면서 할아버지와 손주의 아름다운 대화는 이어집니다.

"할아버지는 별이를 사랑합니다. 맞지?"

손주는 먹는 것에 전념하면서도 맞장구를 칩니다.

"네."

"우리 별이도 할아버지를 사랑합니다. 맞지?"

"네."

"별이야, 너와 나는 사랑하는 관계입니다. 맞지?"

"네."

손주의 맞장구에 신이 납니다.

"착한 별이는 할머니도 아빠도 엄마도 사랑하는 관계가 아니랍니다. 별이가 사랑하는 사람은 오로지 할아버지밖에 없답니다. 맞지?"

"네."

손주를 꼬옥 안아주며 다시금 말합니다.

"우리는 사랑하는 사이니까 엄마와 아빠는 집에 가라고 하고 할아버지랑 둘이서 농사지으면서 오손도손 살자꾸나. 이곳에서 살면 공부를 안 해도 된단다. 이곳에서 살면 유치원에 안 가도 된단다. 해가 뜨면 할아버지 손잡고 밭에 나가 딸기도 심고, 수박도 심고, 그리고 네가 먹고 싶은 것 다 심는 거야. 그러면 우리 한별이는 할아버지보다 더 훌륭한 농부가 되는 거란다."

머리를 살며시 흔들어주자, 별이도 환하게 미소를 짓습니다. 난 그에게 새끼손가락을 걸고 약속합니다.

"엄마한테 가서 당당하게 말해. '난 할아버지가 좋아요.' 난 이곳에서 할아버지랑 농사를 지으며 훌륭한 농사꾼이 될 겁니다. 그러니 '엄마는 빨리 엄마 집으로 가세요'라고 당당하게 이야기해야 해."

녹아서 흘러내리는 아이스크림을 빨아 먹으면서 말합니다.

"네."

나도 모르게 손주를 더욱 힘껏 안아 줍니다.

"아이고 귀여운 내 새끼."

손을 잡고 거실로 뛰어나갑니다.

"따님! 따님! 큰일 났습니다. 자제분이 구리에서 할아버지랑 농사지으면서 살겠데. 자기는 학업에 뜻이 없고 농사에 뜻이 있데. 더욱이 계모 같은 엄마랑은 더 이상 함께 살 수 없데. 그렇지 한별아."

손주는 어느새 딸의 품을 파고듭니다. 용도가 다한 탓으로 눈길조차 주지 않습니다. 할아버지한테 오라고 손짓해도 열심히 나를 피하는 데 급급합니다.

"별이야 우리는 사랑하는 사이잖아. 이렇게 한순간에 사랑하는 사람을 배신할 수 있냐?"

내가 아무리 애원해도 놈은 할머니 품에 안겨서 재롱을 부립니다. 애꿎은 아내에게 화풀이합니다.

"부인, 앞으로 저 꼬맹이랑 놀지 마. 지금 이 순간부터 난 저 꼬맹이랑 절교할 거야. 그러니 부인도 저 꼬맹이랑 절교해. 아니면 저 꼬맹이 쫓아 하남 가서 살던지."

화를 다독이며 다시 이야기합니다.

"서재에서 과자랑 아이스크림 빼앗아 먹으면서 나랑 이곳에서 둘이서 농사를 지으며 평생 재미있게 살자고 약속한 말이 사라지기도 전에 약속을 안 지키는 저 꼬맹이와 놀면 부인도 나처럼 아니 나보다 더 큰 상처를 받을 거다. 저런 꼬맹이와는 아예 절교하는 것이 현명해. 만약 쟤랑 놀면 부인도 절교할 테니 그렇게 알아.”

이곳에는 내 편이 아무도 없습니다. 나는 ‘구리의 외로운 별’입니다. 실연의 상처를 치유하기 위해 서재로 갑니다.

조금 후 딸 내외가 귀가한다고 합니다. 딸이 손주에게 이야기합니다.

“할아버지한테 간다고 인사하고 안아주고 와.”

손주가 뽀르르 달려와 두 손을 모으고 머리를 조아립니다.

“할아버지, 안녕히 계세요.”

내 안색이 조금은 풀린 것을 보더니 딸은 인심 쓰듯 손주에게 말합니다.

“가서 한번 안아드려.”

손주는 두 팔을 벌리고 나에게 달려옵니다. 뒤끝이 긴 나지만 손주의 환한 모습에 다시 밝은 표정이 됩니다. 번쩍 들어 올리며 내 뺨을 놈의 입술에 갖다 댑니다.

“할아버지 뽀뽀. 별이야, 새우깡하고 아이스크림 가져가.”

“다음에 와서 먹을게요.”

손주의 뒷모습에서 잠깐 잃어버렸던 편안함과 안식이 가슴 가득 쌓여 있음을 봅니다.

손자와 한우

손주를 낳고 대장으로 등극하신 따님이 아내에게 전화를 했습니다.

"엄마, 한별이 이유식하게 아랫집 공장에서 가격 좀 알아봐 줘."

"알아봐 줄게."

아래층은 육가공 공장으로 임대를 주었고 나는 이층에서 살고 있습니다.

전화를 끊자마자 아내에게 말했습니다.

"따님에게 아래층 사장 전화번호를 알려 주세요. 직접 전화해서 물어보면 빠른데 왜 부인을 통해 가격을 의뢰합니까? 당신에게 사달라는 불순한 저의가 있지 않나요? 순진한 당신에게 빨대를 꽂아 우리 노후에 지장을 주려는….."

아내의 입에서는 볼멘소리가 흘러나옵니다.

"아니 그까짓 것이 얼마나 한다고요? 그리고 손주가 먹는다고 하잖아요."

"얼마 전에 우 사장과 손주 이야기한 적 있지. 손주가 우 사장을 만나면 자기 부모들이 있는데도 당당하게 말한답니다."

"할아버지! 한우 사주세요. 한우!"

우 사장은 그런 손주를 보며

"이놈아, 할아버지가 돈이 어디 있냐? 네 부모가 돈을 많이 버니 네 엄마 아빠한테 사달라고 해."

손주는 부모의 앞을 가로막으며 우 사장을 향해 다시금 큰 목소리로 말합니다.

"엄마 아빠는 돈 없어. 할아버지는 돈 많잖아. 나 한우 먹고 싶단 말이야. 한우 사줘."

손주의 귀여운 투정에 우 사장은 한우 전문집으로 손주 가족을 데리고 갈 수밖에 없습니다. 나는 정색을 하며 우 사장에게 말했습니다.

"아니, 형님! 형님같이 연륜 있는 분이 그 어린 꼬맹이한테 삥을 뜯기세요. 손주 키운 공 없다는 말씀 모르세요. 앞으로는 절대로 손주한테 현혹되지 마시고 그렇게 빠져나가는 것을 모아 형님 내외 노후나 단단히 하세요. 그게 현명한 처신입니다."

"하긴 한우집에 가면 몇 십만 원 깨지는 것은 기본이지. 하지만 손주 놈이 사달라고 하는데 안 사주고 버틸 재간 있냐고. 황 사장도 닥쳐 봐. 안 사주고 배길 수 있는지….”

난 그 말을 부정할 수 없었습니다.

“형님 말씀대로 저도 버틸 자신 없을 것 같습니다.”

다시 부인에게 이야기합니다.

“우 사장의 말마따나 나도 손주 놈이 함박 미소 지으며 ‘할아버지, 이것 사주세요. 저것 사주세요’라고 말하면 그것을 거부할 수는 없소. 그러니까 그런 상황을 미연에 방지하려면 자식들과의 내왕을 사전에 차단해야 한다는 겁니다. 특히 한별이와의 만남은 반드시 만들지 말아야 합니다. 그놈은 절대로 옷깃이 스쳐도 안 됩니다. 그놈의 미소는 한 마디로 ‘살인 미소’입니다. 그놈이 한 번 미소 지으면 단번에 이성을 잃고 그놈이 해 달라고 하는 것을 다해주잖아요. 한마디로 무장해제를 시킨다고. 그놈을 이기는 유일한 방법은 그놈의 눈을 보지 않는 것인데 그게 되냐고. 차라리 그놈과 만나지 않는 게 제일 현명한 거야.”

“지금 한별이는 나에게 행복 바이러스예요. 전화기 목소리를 듣기만 해도, 눈앞에서 하는 예쁜 짓을 보아도, 한별이가 곁에 없을지라도 한별이의 모습을 상상하는 것만으로도 나는 행복 바이러스에 감염됩니다. 그런 사랑스러운 애와 어떻게 절교하라는 말이에요.”

“내가 이런 이야기는 안 하려고 했는데 말이 나왔으니 하겠소.

당신이 내 자식들 키울 때 한우로 이유식을 먹인 적이 한 번이라도 있었습니까? 아니 한우는 차치하고 밥을 차려주지 않은 것도 다반사로 하지 않았습니까? 불쌍한 내 자식 어디 변변한 옷 한 가지 제대로 챙겨 준 적이 있었습니까? 내 자식은 당신의 무관심 속에서 자랐는데 당신은 남의 자식한테는 옷이나 먹을거리를 몰래 사다 주고, 심지어 우리 집에서 내가 먹을 것조차 들고 한별이네 집으로 튀지 않습니까? 난 내 자식들 키울 때 당신이 한별이에게 하는 애정의 십 분의 일 아니 백 분의 일만 했어도 지금처럼 가슴 아프지 않을 겁니다. 처갓집으로 재산을 빼돌리는 부인 이야기는 들어 보았지만 남의 자식을 위해 재산을 빼돌린다는 이야기는 당신이 처음입니다. 우리 아이들이 오늘날 당신의 행태를 알고 배신감과 절망감을 느낄 거라는 생각은 안 해봤소? 여태까지는 자제분들이 받을 상처를 고려해 당신의 한별이에 대한 병적인 편협한 행동에 관해 함구해 왔습니다. 그러니 정신 차리고 남의 자식에게 애정을 쏟지 마시고 당신의 자제분들에게 애정을 쏟도록 하세요."

조리 있는 내 말에 감복했는지 아내는 듣기만 합니다. 따뜻한 손길로 아내의 등을 다독이며 말을 이어 나갑니다.

"그리고 아이들 이유식은 비싼 아랫집(암소 한우만 전문적으로 육가공 해 현대백화점에만 납품하는 육가공 공장) 한우보다는 대중적이고 값이 저렴한 수입육을 사주면 지금보다는 훨씬 훌

룽한 할머니가 될 거요. 얼마 전에도 이곳 고기를 잘 먹기에 다른 곳에서 고기를 사다 먹이니 입에 넣었다가 다시 뱉었다고 하지 않았소. 애를 굶긴 후 수입육을 먹이면 지가 살기 위해서는 그것이라도 먹어야 하기에 반드시 수입 고기를 먹을 겁니다. 당신 아이들은 완벽한 방치와 무관심으로 키웠어도 아무 말썽 없이 반찬 투정 안 하는 반듯한 아이들로 크지 않았소. 그러니 한별이를 위해서라도 이제부터는 관심을 줄이고 우리 아이들 키웠듯이 그렇게 하면 고맙겠습니다. 그래야 당신의 한별이도 아무것이나 잘 먹는 건강한 아이가 될 것 아니오."

아내는 더 이상 내 말에 토를 달지 않습니다. 아무리 생각해도 고집스러운 아내를 말 몇 마디로 설복시키는 나는 대단한 설득력을 소유한 지성인인 것 같습니다. 완벽한 지성! 누구라도 감복할 수밖에 없는 넉넉한 인성! 듣는 이의 가슴에 확실히 각인시키는 나의 언어 조합력! 인간이 소유할 수 있는 모든 장점을 소유한 나이기에 매사에 호기로울 수밖에 없습니다.

다음날 출근을 하려고 나가니 아랫집 고기 공장 사장이 인사를 합니다.

"안녕하세요. 형님!"

"네. 안녕하세요."

"어제 형수님이 손주 준다고 해서 드린 고기 어떻습니까? 형님 손주 준다고 하기에 A+++ 아주 연하고 부드러운 것으로 드렸는데 먹어 보았는지요?"

나는 정색을 하며 말했습니다.

"우리 집사람도 문제지만 사장님도 저희 집사람 만만치 않게 문제가 많습니다."

"예?"

"어제 간신히 수입 소고기 먹이라고 설득했는데…. 그런데 한우를…."

그는 넉넉한 미소를 지으면서 이야기합니다.

"손주 먹이는 것인데 좋은 것을 먹여야죠."

그는 명절이 되면 몇 십만 원이나 되는 한우 세트를 직원들에게 선물합니다. 소는 해체해야 비로소 육질이 결정이 납니다. 소고기 육질이 좋은 날이면 직원들과 고기 파티를 합니다. 그리고 부모님이 계신 직원들에게 백화점에서도 구경하기 힘든 특수 부위를 선물합니다. 직원들은 소고기에 이골이 나 돼지고기를 더 좋아합니다.

원래 나는 육류를 안 좋아했는데 그 집 소고기를 먹고 난 후 왜 사람들이 소고기를 좋아하는지 그 이유를 알게 되었습니다. 그래서 나도 덕분에 좋은 고기가 나오면 먹어보라고 선물을 합니다.

아내가 말합니다.

"여기 고기를 먹으니 다른 곳에서 고기를 못 먹겠어. 참 입이 간사해."

육가공 사장은 출가한 내 아이들을 만나면 정겨운 목소리로 말합니다.

"고기 먹고 싶으면 언제든지 말하렴."

그는 내 아이들이 성실하게 열심히 사는 모습이 고마워서 주고 싶은 마음이 든다고 합니다. 어쨌든 그는 자신이 아는 사람들에게는 좋은 고기로 자신이 할 수 있는 최선을 다합니다. 때로는 그의 푸짐한 마음에 미안함을 느끼기도 하지만 그는 자신의 마음에 최선을 다할 뿐, 다른 것에는 전혀 개의치 않습니다. 그런 그가 주는 고기는 손주가 이유식하기에는 최상의 품질일 것은 명약관화합니다.

"손주 놈이 사장님이 주신 고기 때문에 다른 고기를 먹지 않는다고 합니다. 수입 고기로 입을 길들여 놓아야 어느 곳에서라도 먹을거리를 가리지 않습니다."

"고기를 드리니 어젯밤에 형수님이 고맙다고 하시면서 가벼운 걸음으로 딸네 집으로 가시던데요."

나는 정색을 하면서 말했습니다.

"집사람이요. 인간 그렇게 사는 게 아닙니다. 내 새끼들이 손주 놈만 할 때 한우는커녕 수입육 한 번 제대로 먹이는 것을 본 적이 없습니다. 자기 자식은 그렇게 키워 놓고 남의 자식한테는 그렇게 지극 정성이니…. 조금이라도 양심이 있는 엄마라면 절대로 그렇게 살면 안 되는 겁니다. 한우라는 것을 한 번도 못 먹고 자란 내 아이들 생각을 하면 가슴에 천불이 납니다. 천불…."

"형님, 그 시절 아이들은 다 그렇게 컸지만 요즘 할머니들이 손주 생각하는 것이 어디 그런가요? 요즘 할머니들은 형수님처럼 다 그렇게 합니다. 앞으로도 좋은 고기 필요하면 언제든지 말씀하세요."

하기야 팍팍한 살림살이를 하는 조카들도 자식들에게 좋은 먹을거리를 주고 싶은 마음에 나에게 그 집 고기를 부탁합니다. 난 항시 그들에게 이야기합니다.

"비싼 한우 먹이지 말고, 저렴한 수입육 먹이렴. 그리고 아이들이 크면 가짜 구입명세서 보여주며 한우 먹이면서 키웠다고 해라. 내가 증인 서 줄게. 이런 꼼수는 아이들이 조금 크면 안 통하니 지금처럼 우유병 빨고 인지 능력 없을 때 해."

조카들은 빙그레 미소를 짓습니다.

"아이들이 더 잘 알아요. 다른 고기는 잘 안 먹습니다."

내가 어떤 말을 해도 손주에게 향하는 아내의 마음과 행동을 붙잡을 수 없습니다. 하지만 아내의 말마따나 손주에게 향하는 아내의 모습은 너무나도 평화롭고 행복해 사랑스럽기만 합니다.

할아버지의 군고구마

밭에 작물을 심기 무섭게 따님의 주문이 이어집니다.

"아빠 손주가 할아버지가 구워주는 군고구마만 먹는 거 아시죠. 알아서 하세요. 더불어 사위도 잘 먹는답니다."

"먹고 싶으면 밭을 만들어 놓을 테니 오셔서 심고 가을에 캐서 가져가시면 되잖아요. 그리고 내일이면 칠십을 바라보는 늙은 아비한테 고구마를 심어주겠다는 것이 자제분으로서의 도리 아닌가요? 무지하고 무도한 따님은 그렇다 치더라도 교양 있는 내 사위는 결코 따님 말에 동의하지 않을 것입니다."

딸은 내 말을 단숨에 잘라 버립니다.

"주민등록증 줘 봐요. 아직 60대지 70이 되려면 멀었잖아요. 그리고 아빠 이야기는 70대가 되면 그때 다시 이야기해요."

3살 된 손주를 떠 올리면서 이야기했습니다. 허리에 기저귀를 차고 밭을 오가는 모습은 상상만 해도 엔도르핀이 쏟아집니다.

"그러면 고구마 심을 때 손주는 보내세요. 내가 훌륭한 농부로 만들어 줄 테니까. 그 어린 너희 자식이 밭에서 고구마를 심고 캐다가 너희같은 부모에게 먹인다는 것을 상상해 봐라. 얼마나 아름다운 장면이겠냐?"

"걔는 바빠요. 학원 다니느라 바쁘단 말이에요."

"할아버지가 농사짓느라 고생한다고 하면 안쓰러워 열 일 제쳐놓고 도우러 올 것입니다. 학원에 안 간다는 것만으로 손주에게는 매우 매혹적인 일이거든요. 그리고 그것이 따님이 알지 못하는 남자들의 세계이기도 합니다."

딸은 언성을 높입니다.

"손주에게 주기 싫으면 심지 마세요. 이젠 주어도 안 먹어요."

이의를 제기하거나 반론을 펴야 하건만 따님의 인성이 워낙 기묘한지라 더 이상 이야기를 할 수 없습니다.

"나는 모든 일을 대화로써 풀어보려고 하건만 까칠한 따님은 조금이라도 마음에 안 들면 이렇게 매몰차게 대화를 잘라버리시니… 부녀지간의 아름다운 대화를 항시 처참한 몰골로 만드시는 신묘한 재주가 계십니다."

"됐어요. 주지 마세요. 안 먹어요."

나는 정색을 하며 말을 잇습니다.

"안 주기는…. 나에게 있어서 가장 행복한 순간이 귀한 손주가 내가 구운 군고구마를 맛있게 드시는 모습입니다. 아직 심지도 않았지만 그 모습을 떠올리는 것만으로도 저는 행복하답니다. 저는 그런 행복을 빼앗길 수 없습니다. 가을을 꼭 기대해 주십시오."

무슨 커다란 은총이라도 내리는 듯 따님은 온화한 미소를 지으며 말합니다.

"내가 가져가는 것에 고마워하세요. 저니까 아빠 손주한테 주는 것이니까요"

딸도 무섭지만, 지속적으로 내 가슴에 바람을 불어 넣는 아내의 모습도 만만치 않습니다. 내가 손주에게 약한 것을 아는 아내는 풀 죽은 목소리로 말합니다.

"글쎄 손주 놈 입이 보통 예민한 게 아니에요. 마트에서 사 온 군고구마는 입에 넣지도 않는데요. 집에 있는 에어프라이어나 전자레인지에서 굽는 군고구마도 거들떠보지 않고 오로지 당신이 페치카에서 굽는 군고구마만 먹는데요."

이내 불똥은 사위에게 튑니다.

"자네는 내가 구운 군고구마 먹지 말아. 오로지 내 손주만 먹도록 하게. 자네도 먹고 싶으면 외할아버지한테 구워달라고 하게나."

사위는 머리를 긁적이며 미소를 짓습니다.

"외할아버님은 돌아가셨는데요?"

"그것은 자네 사정이고. 자네 같으면 귀엽고 사랑스러운 손주에게 군고구마를 주겠나. 저 표독한(사위의 귀로 다가가 작은 말로) 여자의 서방에게 군고구마를 주겠나?"

"당연히 저 같아도 손주에게 주겠죠."

올해는 손주 놈이 좋아하기에 고구마를 1천 개 심었습니다. 고구마를 심으면 캐기 전까지 그리 손이 가지 않지만, 막상 캐려고 하면 한숨이 절로 나옵니다. 혼자서 옛날 방식으로 고구마를 상처 없이 하나 하나 캐기엔 너무 많은 양입니다. 고구마를 캐면서 마음속 깊이 다짐합니다.

'다시는 고구마를 많이 심지 말아야지.'

우리 집 자제들은 효자입니다. 장남에게 밭일을 도와 달라고 하면 간단명료하게 답합니다.

"제가 도와주면 아버님이 밭을 더 만드시니 도와드릴 수가 없습니다."

막내아들에게 도움을 청하면 워낙 시류를 빨리 읽는 분이기에 형의 판단에 동조하는 것으로 빠져나갑니다.

"내가 아빠 일을 도와주면 밭이 더 늘어나 아빠가 더 고생을 하니, 저도 밭일을 도와드릴 수 없습니다."

아내는 내 마음이 상할까 봐 위로랍시고 한마디 합니다.

"우리 집 아이들은 정말 우애가 깊어요. 형이 이야기하면 아우는 아무런 토도 안 달고 무조건 듣지요. 주변에 우리 애들같이 우

애 깊은 형제들은 없어요."

얼마 전 우 사장 밭에서 젊은 목소리가 들리기에 가보았습니다.

"안녕하세요. 형님. 뭐 하세요?"

나를 본 우 사장 어깨에 잔뜩 힘이 들어가 있었습니다. 학교 선생이 직업인 사위가 밭일을 도와주러 왔기 때문입니다.

"사위가 학교에서 학생들 가르치느라 얼마나 힘들겠어. 휴일날 집에서 푹 쉬라고 했건만 아버님 도와주겠다고 부득부득 새벽부터 와서 고추를 30근이나 땄지 뭐야. 이 더운 날씨에 혼자 고추를 따다가 쓰러진다고 새벽부터 와서 고추를 따는 거야. 하기야 나이를 먹어서 그런지 혼자 고추를 따기엔 이젠 힘이 부쳐. 그런데 확실히 사위가 고추를 따주니 일이 금방 끝났지. 자네도 사위한테 와서 고추 좀 따라고 시키게. 젊어서 그런지 금방 끝나. 금방."

난 우 사장과의 만남이 생각나서 미소를 머금고 집에 온 사위에게 이야기했습니다.

"사위, 우리 밭 옆에 우 사장이란 분이 있는데 사위가 하루에 고추 30근을 땄다고 자랑하기에 자네 기를 죽일 수는 없지 않은가. 그래서 당당한 목소리로 말했지. '내 사위는 하루에 고추 50근도 딸 수 있습니다.' 그러니 지금 나와 함께 고추밭으로 가서 자네가 얼마나 훌륭한 사위인지를 입증해 보자고."

사위는 내 말에 단숨에 화답합니다.

"아버님, 저희 부모님 텃밭에 고추 몇 개가 심겨져 있습니다. 부모님을 돕겠다는 마음에 붉은 고추를 땄는데, 고추 3개를 따고는 더위를 먹어 쓰러졌습니다. 그 후로 아무도 저에게 고추를 따자는 말을 한 적이 없었습니다."

그의 말에 더 이상 이야기를 이어갈 수 없었습니다.

"내가 졌네. 정말 자네의 지혜에 나는 장인으로서 어떤 뿌듯함마저 느꼈네. 자네 역시 우리 가족의 어떤 분들과 견주어도 뒤지지 않네. 자네 태도에 우리 가족의 일원이 되었음이 자랑스럽네."

내 가족들의 탄탄한 결속력에 농사에 관한 한 어떤 기대치도 가질 수 없습니다.

혼자 고구마를 캐니 20kg 박스 20개 정도가 나옵니다. 어머님과 장모님 그리고 사돈 내외와 지인들에게 나눠주니 4박스가 남습니다. 많이 심었던 덕에 주변 가족과 친지들이 풍요로운 눈빛으로 마음을 표합니다.

"이렇게 많이 주면, 너희는 무엇을 먹냐?"

친지들에게 섭섭하지 않게 고구마를 선물한 탓인지 마음이 즐겁기만 합니다. 찬 바람이 불면 '군고구마를 구울 때'라는 생각만 해도 행복해집니다. 페치카의 온도를 조금이라도 뜨겁게 하면 표면이 타면서 고구마 속 당도 타 버립니다. 껍질을 벗기면 고구마의 속살은 퍽퍽하면서 그리 단맛이 요동치지도 않습니다. 손주

놈에게 이런 상태의 고구마를 주면 한 입만 먹고는 배가 고픈 상태가 아니면 다시금 고구마를 찾지 않습니다. 이런 상태의 고구마는 한 시간이면 이삼십 개를 구울 수 있습니다. 진정 맛있는 군고구마를 만들기 위해서는 적당한 중 약의 화력이 필요합니다.

오롯이 고구마가 익어가며 고구마 속살에 숨어 있던 당도가 설탕의 단 내음을 내뿜으며 껍질을 헤치고 물엿처럼 나옵니다. 달고나 국자 표면에 설탕이 녹으며 국자에게 끈적거림을 내뿜듯이 고구마를 올려놓은 철판 바닥은 설탕의 끈적거림으로 가득합니다. 이런 상황을 조금이나마 줄일 수 있는 유일한 길은 고구마를 끊임없이 옮겨대며 설탕의 진액을 군고구마 표면 전체로 뒤덮게 만드는 방법뿐입니다.

이런 상태의 군고구마는 껍질도 부드럽게 벗겨질 뿐 아니라 한입 베어 물면 나도 모르게 '아! 너무 써'라는 탄성이 터져 나오기도 합니다. 달다 못해 쓰기까지 한 군고구마, 겉부터 속살까지 촉촉한 수분이 가득한 체 상쾌한 당도가 입 안 가득 번지는 맛이란…. 하지만 이런 군고구마를 만들기 위해서는 한 시간에 다섯 개 이상은 만들지 못합니다. 군고구마 껍질에 물엿같이 끈적끈적한 액이 삐져나오기 시작하면 그 액이 뜨거운 철판에서 타기 전에 끊임없이 고구마를 돌려주어야 하기 때문입니다.

어머님과 장모님, 아내에게 군고구마를 만들어 줄 때는 정성껏 만들다가도 시간에 쫓기면 빨리 익은 군고구마를 만들게 됩니다.

하지만 손주에게 줄 군고구마는 특별한 경우가 아니면 최상의 상
태인 군고구마를 만듭니다. 내가 구운 군고구마를 배시시 웃으며
베어 먹는 손주의 모습은 언제 보아도 나의 영혼에 안식과 평화
를 줍니다.

더욱이 올해는 가을이 되자 아장거리는 걸음으로 앙증맞게 두
손에 자신의 머리보다 큰 목장갑을 끼고는 호미를 들고 고구마를
캐겠다고 밭을 휘젓습니다. 여태까지 맛보지 못한 또 다른 모습
의 뿌듯함이 밀려듭니다.

내년 이맘때면 지금보다 더 넓어진 보폭으로 밭을 뛰어다닐
손주의 모습을 그려보니 나도 모르게 '이런 게 사는 거구나' 하는
여유로움에 취하게 됩니다.

손주가 온다고 하기에 일주일 전에 고구마를 캡니다. 고구마가
맛이 있으려면 숙성시켜야 하기 때문입니다. 올해는 10월인데도
한낮에는 30도가 넘습니다. 새벽에도 영상 25도가 넘는 날씨지만
손주가 좋아하니 구워 놓을 수밖에 없습니다.

핸드폰 벨이 울립니다. 손주의 목소리가 들립니다.

"할아버지 군고구마가 이 세상에서 제일 맛있어요."

동영상으로 손주가 오물오물 맛있게 먹는 모습이 보입니다. 나
도 모르게 얼굴 가득 미소가 번집니다.

"할아버지가 가장 행복한 순간은 한별이가 맛있게 먹는 모습

을 보는 거란다.”

손주는 편안한 모습으로 군고구마를 먹는 것에 몰입하고 있습니다.

“너희 집에 있는 군고구마는 전부 한별이 것이니 엄마나 아빠 주지 말고 한별이만 혼자 먹어.”

“네.”

“사랑하는 한별아, 맛있는 군고구마는 혼자 먹어야 더 맛있는 거란다. 그러니 꼭 혼자만 먹어야 해. 알았지.”

“네.”

“만약 엄마하고 아빠가 한별이 군고구마 빼앗아 먹으면 할아버지한테 전화해. 꼭 혼자만 먹어야 해.”

“네. 할아버지.”

맛있게 먹는 그 모습에 행복하면서도 한편으로는 슬픈 탄성이 터져 나옵니다. 다시는 올해처럼 고구마를 심지 않겠다고 다짐했건만 손주의 가벼운 미소가 나의 다짐을 흔들어 놓기 때문입니다.

그래, 내년에도 고구마 천 개 심으마!

행복 1

사람들은 말합니다.

"행복하게 살고 싶습니다."

행복은 예약해 구입할 수 있는 물품이 아닙니다.

행복은 타인의 명품 속옷 주머니에 있는 것이 아닌

희뿌연 먼지 풀풀 나는 자신의 작업복에서 발견됩니다.

부자가 천국에 가는 것은 낙타가 바늘구멍에 들어가는 것보다

힘들다고 합니다. 가진 것이 없다는 것은 행복에 가까워졌다는

이야기이기도 합니다.

우리는 초등학교 때 떡볶이 한 접시에 행복했습니다.

중고등학교 때 우리는 짜장면 한 그릇이면 행복했습니다.

행복은 작은 것에 있습니다.

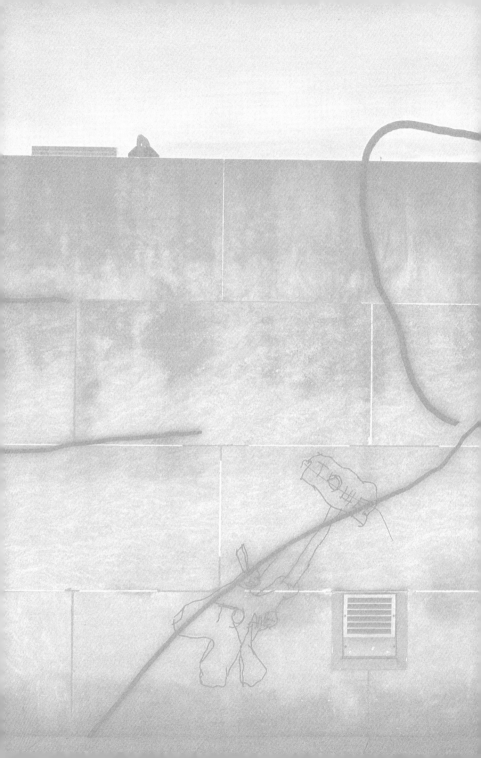

잊지 말아야 할 것

슬픈 가족이야기

　인수는 허름한 원룸에 누워있는 자신의 처지가 너무 낯섭니다. 자신이 아무리 골똘히 생각해 보았지만, 자신이 이곳에 왜 있는지 이해가 안 갑니다.

　몇 개월 전 아내가 암으로 눈을 감으며 말했습니다.

　"내가 죽으면 이 집 명의를 아들 광수로 바꿔주세요."

　살고 있는 집을 구입할 때 인수는 아내 명의로 구입했습니다. 그 집을 사기 위해 아내는 먹을 것 제대로 못 먹고, 입을 것 제대로 못 입고 악착같이 절약해 이 집을 구입했기에 아내의 만류에도 불구하고 아내의 명의로 집을 구입했습니다. 남자들은 돈을 버는 것보다는 쓰는 것에 특화된 존재이기에 이 집을 장만한 것은 전적으로 아내 덕입니다. 그러기에 아내 명의로 집을 구입하는 것은 너무나도 당연한 일이었습니다. 비록 서울 변두리지만 대지 40평이 넘는 2층 양옥집은 그에게는 큰 기쁨이었습니다.

그는 개인택시를 하며 아들하고 딸 하나를 둔 그저 평범한 가정의 가장이었습니다. 눈이 오나 비가 오나 한 번도 쉬는 날 없이 열심히 살았다고 자부하는데 아내가 그의 곁을 떠나면서 일은 뒤틀어지기 시작했습니다. 아내가 아들에게 명의를 바꾸라고 한 이야기는 그 나름대로 타당성이 있었습니다.

결혼한 딸은 자주 집에 와 손을 벌렸습니다. 몇 백만 원에서 몇 천만 원의 돈을 빌려달라는 명목으로 가져가고는 항상 함흥차사였습니다. 목돈이 빠져나가니 아내는 딸과 거의 의절 상태가 되었습니다. 아내에게서 돈이 융통이 안 되면 그에게 울면서 자신의 사정을 이야기합니다. 거절했다가도 생활고에 시달리는 딸의 목소리를 들으면 무의식적으로 딸에게 전화를 겁니다.

"저번에 너에게 준 돈도 아직 갚지 못했단다. 그리고 이번이 마지막이다. 엄마 몸도 안 좋으니 제발 엄마 들볶지 마라."

딸은 자신의 손에 돈이 쥐어져야 표정이 바뀝니다.

"걱정하지 마세요. 앞으로는 걱정 안 끼치고 잘살게요."

아내는 이런 딸의 모습을 보며 장가 안 간 아들 광수에게 집 명의를 확실하게 해 주어야 극성맞은 누이가 이 집을 넘보지 않을 것이라는 생각했습니다. 더욱이 광수는 돈에 관해 전혀 관심이 없었기에 아내의 염려는 당연했습니다.

아내가 인수 곁을 떠나자, 그는 집 명의를 광수에게 옮겨 주었습니다. 딸은 그 사실을 알고 달려와 울며불며 난리를 칩니다.

"전 자식 아닌가요. 저한테도 제 몫을 주셔야죠."

함께 온 사위도 딸의 말을 거듭니다.

"아버님, 저희도 알건 다 압니다. 장모님 명의의 재산이니 아버님과 처남, 셋이 정확하게 삼등분하셔야 합니다. 저희 부부 몫은 주는 게 당연하지 않겠습니까? 법대로 해 주세요. 법대로."

딸 부부의 어이없는 행동에 화가 치밀어 올랐습니다.

"너희 부부가 가져간 것이 얼만지나 아냐? 짬짬이 가져간 것이 몇 억이야, 몇 억. 그런데 광수에게 줄 몫까지 달라고 이렇게 와서 난리를 치냐. 형제라고는 광수와 너희 둘뿐인데 광수를 잘 돌볼 생각은 안 하고 너희 가족 살 것만 생각하냐. 동생 생각 좀 하고 살자."

딸은 눈에 쌍심지를 켜고 말합니다.

"내가 가져간 것이 무슨 몇 억이나 돼요? 출가한 딸이라고 아무것도 안 주려고 말도 안 되는 말을 만들어서 하시면 안 되지요."

인수는 기억 속에 있었던 딸이 가져간 큼직한 액수만 몇 개 끄집어냈는데 그것만도 2억이 훌쩍 넘었습니다.

딸은 차갑게 쏘아봅니다.

"아버지 천벌 받아요. 제가 언제 그 돈을 가져갔습니까?"

사위가 끼어듭니다.

"그렇게 안 봤는데 정말 실망입니다. 저희는 법적으로 할 테니 그렇게 아세요."

착하기만 한 광수는 인수를 위로합니다,

"아버지, 누나가 얼마나 힘들면 저러겠어요. 아버지가 이해하세요."

이 상황에서 누나를 감싸주는 아들의 모습이 대견하게 느껴졌습니다. 아들이 잘 커 주었다는 생각이 위안이 되었습니다.

아내가 죽은 지 2개월이 되었을 때 광수가 직장을 그만두었습니다. 무슨 일이 있었는지 방문을 열고 나서지도 않기에 그는 마음이 무거워졌습니다. 간신히 그의 방문을 열고 얼굴을 마주했습니다. 식사도 제대로 하지 못한 터라 꾀죄죄한 몰골에 마음이 아팠습니다. 아내가 죽은 지 얼마나 되었다고 그의 모습에서 엄마가 없는 티가 물씬 풍겼습니다.

인수는 지갑에서 카드를 꺼내어 광수에게 주었습니다.

"집에만 있지 말고 밖에 나가 바람이라도 쐬지. 이 카드로 여행경비를 해. 돈이 필요하면 나한테 말하고."

"이제 직장생활 지겨워요."

"직장생활이 지겹다니?"

"됐습니다. 아버님은 요즘 사회가 어떻게 돌아가는 지를 몰라서 그래요. 지금 내 나이면 직장에서는 환갑이에요. 환갑."

인수도 들은 이야기가 있고 광수에게 더 이상 대화를 할 수 없어 자리를 뜨려고 하자 광수가 말했습니다.

"아버지, 잠깐만요. 차라리 이렇게 하면 어떻겠습니까?"

그의 말에 다시 자리에 앉았습니다.

"아버지도 이제는 은퇴하실 나이가 되셨잖아요. 저한테 아버지 개인택시를 넘기세요. 그러면 모든 생활비는 제가 내고 아버지 용돈으로 월 1백만 원씩 드릴게요. 아버지도 이제 쉬실 때도 됐고요."

얼핏얼핏 운전이 힘들다는 생각이 든 적이 있었습니다. 야간에 운전할 때면 나이를 먹어서인지 제대로 보이지 않을 때가 많았습니다. 다리 관절도 관절이려니와 온몸이 쑤십니다. 그렇다고 당장 그만두겠다는 생각은 하지 않았지만 다른 사람도 아닌 하나뿐인 아들이 집안에 틀어박혀 있지 않고 사회생활을 하겠다고 하니 그리 나쁜 이야기는 아니라 생각했습니다. 더욱이 자신에게 월 1백만 원의 용돈을 주겠다고 하니 잠시 망설였지만 자식을 위해 그렇게 하기로 했습니다.

만약 아내가 살아있었다면 인수의 결정에 기뻐했을 것이라는 생각도 보탬이 되었습니다. 자식을 위해 용기를 북돋워 주어야 했기에 행복한 표정으로 말했습니다.

"고맙다. 이제는 운전할 때 눈도 침침하고, 몸도 예전 같지 않아 어차피 운전을 그만둘 생각이었는데 네가 택시를 맡아주겠다니 정말 고맙다."

말이 떨어지기 무섭게 택시 명의는 아들에게 이전되었고 아들의 얼굴에는 예전의 생기가 살아나 죽은 아내가 이 모습을 보면 얼마나 좋아할까를 떠올렸습니다. 아들을 위해 집 안 청소며 식사를 마련하는 것으로 인수의 일과를 맞춰 나갔고 아들의 모습에서 자신의 기쁨을 찾아갔습니다.

이런 생활이 한 달쯤 지났을 때 갑자기 아들의 얼굴에서 검은 그림자를 보았습니다. 택시 운전이라는 것이 보기에는 쉬울 것 같지만 별 희한한 손님들과 접해야 하니 의외로 받는 스트레스가 보통이 아니었나 봅니다.

"무슨 일 있냐?"

아들은 퉁명스럽게 말했습니다.

"아니요."

조심스레 다시 말을 건넸습니다.

"어려운 일이 있으면 나한테 말해. 이래 봬도 택시 운전 만 40년이야."

"아버지 제가 왜 장가를 못 가는데요. 어느 미친 여자가 홀아버지가 있는 남자와 결혼하겠습니까?"

인수는 그의 말에 갑자기 머리 속이 하얗게 변했습니다. 그가 무슨 말을 하는지 들리지 않았습니다.

"누나와 상의해 봤습니다. 누나도 제 생각이 맞다고 하더군요."

"무슨 이야기?"

"이 집도 제 집이고 택시도 제 것이잖아요."

"그래, 네 것 맞다."

"저도 이제 장가를 가려고 하니 아버님이 이 집에서 나가주십시오."

"그럼 나는 어디로?"

"방 얻을 돈 5백만 원 드릴 테니 나머지는 아버님이 알아서 하세요."

인수는 그의 말에 아무 말도 할 수 없었습니다. 아들은 자신이 하고 싶은 말을 다 하고는 밖으로 나갔습니다.

그날 이후 딸의 출입이 잦았습니다. 둘이서 도란도란 이야기를 나누었습니다. 딸네 가족이 와서 아들과 하하 호호하며 고기를 구워 먹습니다. 그들에게 있어서 인수는 투명인간이 아닌 사라져야 할 존재인 것이었습니다.

난생 처음 보는 젊은 여자와 딸 가족이 집에 오더니 광수를 싣고 펜션으로 놀러 갔습니다. 낄낄거리면서 시야에서 사라지는 모습을 보며 죽은 아내가 무척이나 그리워졌습니다.

인수를 투명인간 취급하던 어느 날, 딸이 인수에게 말을 걸어 왔습니다.

"광수 장가가게 빨리 집에서 나가주세요. 아들 장가가는데 방해는 되지 말아야죠."

주변에 아는 사람들에게 직장을 알아봅니다. 택시 회사에 운전사 자리를 알아보려고 전화하는 데 목소리가 제대로 나오지 않았습니다. 그나마 요즘 택시 운전을 하려는 사람이 적어 오랜 운전 경험과 무사고 경력 덕에 취직하기가 그리 어렵지는 않았습니다.

직장이 해결되었기에 인수가 거처할 방을 알아보니 보증금 5백만 원으로는 월세가 만만치 않았습니다. 아니 마음 한편으로 지금은 광수가 누나의 꾐에 빠져 나를 홀대하지만 조금 시간이 지나면 예전의 착한 모습으로 돌아올 것이라는 기대가 월세방 계약하는 것을 주저하게 했습니다.

다시 운전대를 잡았습니다. 퇴근하고 집으로 가니 아내와 함께했던 인수의 짐들이 문밖에 내팽개쳐져 있었습니다. 텔레비전, 냉장고, 세탁기, 아내와 수십 년 함께한 장롱과 식기류가 문밖에 나와 있었습니다. 그 모습을 보니 참을 수 없는 화가 치밀어 오르면서 눈물이 왈칵 쏟아졌습니다. 인수의 모든 삶이 다른 사람도 아닌 하나뿐인 아들에게서 버려진다는 것이 너무나도 큰 충격이었습니다.

부들부들 떨리는 손으로 벨을 누르니 딸이 얼굴을 빼꼼 내밀었습니다. 팔짱을 낀 채 찬찬히 문밖으로 나왔습니다.

"왜 자꾸 성가시게 하세요. 광수가 아버지 때문에 하도 마음고생이 심해서 내가 와서 아버지 짐을 다 뺐어요. 가져가실 것 있으면 들어가 더 가져가시든지 마음대로 하세요. 그리고 이 돈 받으세요."

딸은 큰 선심이라도 쓰듯이 5백만 원이 든 봉투를 인수의 손에 쥐여 주었습니다.

"아버지가 집을 안 나가시니 광수가 얼마나 스트레스를 받는데요. 그래서 내가 부득이 이렇게 하는 것이니 섭섭하게 생각하지 마세요."

"이 돈으로는 이것들이 다 들어갈 수 있는 방을 구할 수 없단다."

"그럼 버리세요."

"방을 알아보았는데 마땅한 게 없더라."

"아니 자식들한테 해준 게 뭐가 있다고 자식들 앞길을 막으려하세요. 빨리 이 짐들이나 치우세요."

"그래 알았다. 빨리 알아볼 테니 이 짐들은 집에 집어넣고 이야기하자."

"뺀 것을 어떻게 다시 집어넣어요. 광수가 결혼하면 가전제품과 침구류들은 전부 새것으로 하기로 이야기되었으니 이런 것들은 우리도 필요 없어요. 그러니 이 볼썽사나운 것들을 당장 치워주세요."

"결혼하냐?"

"광수 결혼해도 해줄 게 아무것도 없잖아요. 그러니 앞으로는 그런 것 신경 쓰지 마시고 저희들 앞에 나타나지 마세요. 그게 아버지가 우리 형제들에게 해 줄 수 있는 유일한 것이에요."

"이렇게 짐을 빼놓은 것을 광수도 아냐?"

"당연하죠. 광수랑 다 이야기해서 내린 결정이에요. 그리고 이 돈도 광수가 준 돈이에요."

안면 있는 동네 사람들이 인사를 건넵니다. 밖에 짐이 쌓여 있고 딸과 나누는 대화가 예사롭지 않아 보이자 수군거리며 지나갑니다. 문 앞에 놓여 있는 짐도 짐이려니와 그들의 수군거림이 머리를 어지럽게 했습니다. 이곳에 있어보았자 나와 자식들에게 전혀 도움이 안 된다는 판단이 들자, 딸에게 3일만 말미를 달라고 통사정한 채 자리를 떴습니다.

흐르는 눈물을 속이며 간신히 방을 얻었습니다. 사용하던 냉장고와 세탁기, 텔레비전을 집어 넣으니, 방이 꽉 찼습니다. 아내의 손때 묻은 식기류와 장롱을 버릴 때에는 '내가 왜 사나'하는 아득함으로 가득했습니다. 그날 이후 잠을 이루지 못합니다.

택시 운전을 하다 보니 인수가 살던 동네를 지나칠 때가 있습니다. 아무 생각 없이 그가 살던 집을 지나갑니다. 확실하지 않지만, 그 집을 이미 다른 사람에게 팔아버린 것 같았습니다. 부동산에 들러서 매매 유무를 확인할 수도 있지만 아들의 이야기를 들으면 머리가 더욱 혼란스러울 것 같아 흐르는 눈물을 훔치며 지나갔습니다. 아들한테는 단 한 번도 연락이 오지 않습니다. 당연히 딸한테도 연락은 오지 않습니다.

칠 남매 형제 중 아직 살아있는 형제는 다섯입니다. 4남 3녀의 형제 중에 넷째인 인수의 현재 사정을 아는 것은 막내 남동생뿐입니다. 남부끄러운 것도 그렇지만 지금 내 처지를 아는 형제들의 가슴앓이를 생각하면 도저히 이야기할 수가 없습니다.

간간히 관절약과 당뇨약만 먹던 그가 심혈관과 안과 계통의 약을 먹게 되었습니다. 수북하게 쌓이는 약들, 시원치 않은 벌이에도 지속적으로 구입해야 하는 약값, 하루가 다르게 느끼는 체력의 한계. 세면장에 있는 거울 속에 무표정한 모습을 보면 너무나도 낯설어 눈물이 흐릅니다.

오늘은 설날이라 조금 전 제수씨가 전과 떡을 가져왔습니다. 그리고 동생이 직접 떡국을 끓여 줍니다.

"형님, 이럴 때일수록 잘 드시고 건강 챙기세요. 그리고 죄송해요. 제가 해드릴 수 있는 게 아무것도 없어서."

음식을 챙겨 주는 동생 부부의 모습에 왠지 모르게 숨이 막힙니다.

"동생, 부탁이 있네."

아무 희망도 없고 어떤 의욕도 없는 상태에서도 동생 부부가 차려준 음식에 입맛을 느끼는 자신이 한심하다는 생각이 들었습니다. 동생은 수저를 그에게 건넵니다.

"말씀하세요. 형님."

"앞으로는 이곳에 오지 마시게."

그는 떡국을 먹으면서 이야기합니다.

"형님, 저도 자주 못 옵니다. 이럴 때야 얼굴을 보는데 그런 말씀 하지 마세요. 그리고 얼른 드시기나 하세요. 떡국 불어요."

마지못해 먹는 음식이지만 오랜만에 식사다운 식사를 합니다. 이것이 인수가 먹는 마지막 집밥일 수도 있다는 생각이 들자 마음이 울컥해집니다.

동생은 인수가 떡국을 비우는 것을 보고 안도의 빛으로 인사를 하고 집을 나섰습니다. '조금만 더 있다가 가면 안 될까요'라는 말이 입안에 맴돌았지만 차마 꺼낼 수는 없었습니다. 동생이 떠난 방엔 또다시 인수 혼자 버려져 있습니다.

인수는 태생적으로 술을 못합니다. 소주 한 잔은커녕 살짝 입술만 걸쳐도 얼굴이 벌겋게 달아오릅니다. 그러던 그가 누워도 잠을 못 이루기에 혼자 소주를 마시기 시작했습니다. 두 잔은 마시는 사람으로 변했습니다. 왜 사는가에 대해 자문해 보지만 해답이 없습니다.

특별한 날이 아니면 찾지 않았던 아버지 산소를 찾았습니다. 자신의 모습이 너무 초라해 아버지의 묘소를 찾은 자신이 염치 없는 인간이라는 생각이 들어 술 한 잔 따르고는 바삐 내려왔습니다. 아내의 부탁으로 아내를 화장한 것이 너무 후회됩니다. 그녀 옆에서 실컷 펑펑 울었으면 그나마 쌓인 응어리가 조금이라도 풀릴 것만 같습니다. 실컷 넋두리를 퍼부은 후 아내 곁에서 한숨 잠을 청하면 조금이나마 자신에게 위로가 될 것 같은데 아내의 흔적은 찾을 수가 없습니다.

아내가 아끼던 장롱이라도 있었으면 그녀의 손길이라도 더듬어 보련만 부지불식간에 당한 상황에서 생각 없이 처분한 자신의 행동이 원망스럽기만 했습니다. 아니 자식들에게 어차피 잊혀질 아내가 이런 모습 안 보고 죽은 것이 정말 다행이라는 생각도 들었습니다.

모르겠습니다. 정말 모르겠습니다. 아무리 생각해 보아도 낯선 이 방에서 왜 혼자 있는지 이해가 안 갑니다. 누구보다도 열심히 살아왔다고 자부했는데 텅 빈 원룸에 초췌한 모습으로 홀로 버려져 있는 자신의 모습을 도저히 이해할 수가 없습니다.

내일 눈을 뜨면 살기 위해 운전대를 잡을 겁니다. 그리고 운전대를 놓으면 거울 속에 있는 슬픈 모습의 인간을 만나야 합니다. 거울 속의 그 인간을 만나지 않기 위해 남은 시간과 힘겨루기 하는 자신의 모습이 너무 가련합니다.

아침에 눈을 뜨는 것보다 무섭고 두려운 것이 없습니다. 이제 그에게 남은 유일한 바람은 '제발, 아침에 눈 뜨지 않게 해주십시오'입니다.

부모를 모신다는 것

오랜만에 기홍의 집을 찾았습니다. 침대에 누워 계신 어머님만 계실 뿐 그는 집에 없었습니다. 가져온 소고기를 냉장고에 넣고는 그에게 전화를 걸었습니다.

"지금 집에 왔는데 어디에 있나?"

"응, 방앗간. 네가 온다고 해서 들기름 좀 주려고 방앗간에서 기름을 짜고 있어. 방앗간으로 와라."

나는 그를 만나러 방앗간으로 발걸음을 옮겼습니다. 거동도 못 하시는 어머님을 모시고 농사를 짓는 입장에서 나의 방문은 그에게 또 다른 번거로움을 만드는 일이라는 생각이 들었습니다.

방앗간 문을 열고 들어서며 그에게 말합니다.

"야, 내가 네 얼굴 보러 왔지. 이런 거 얻으러 왔냐? 앞으로는 이런 쓸데없는 짓 하지 마라."

"그래도 먼 길 왔는데 빈손으로 보낼 수는 없잖아. 어차피 나도 들기름을 짜야 해서 온 거니 조금만 기다려. 금방 끝나니까."

"너, 고추 있냐? 녹두하고 콩 좀 줄게."

그는 밭으로 갈 때도 휠체어로 어머님을 모시고 밭으로 갑니다. 뜨거운 낮에는 어머님 때문에 밭에 있지를 못합니다. 올해는 유난히 더운 탓으로 밭일을 하는 시간이 짧을 수밖에 없었고 그 결과 작황은 형편없습니다. 평소 2백 근 이상 땄던 고추 농사였지만 올해는 간신히 2십 근을 했다고 합니다.

"야! 나도 농사짓는다. 그러니 나는 신경 쓰지 마라."

그는 빙그레 미소 지으며 말합니다.

"집사람한테 갖다줘. 그리고 들기름은 네 어머님 간병하는데 애쓰는 누님한테도 갖다 드리고, 장모님한테도 갖다 드려."

"어머님은 어떠시냐? 잠깐 뵀는데 얼굴이 예전보다 나아지신 것 같아."

들기름을 짜던 주인이 말했습니다.

"진짜 이런 사람 없습니다. 몸도 못 움직이는 어머님을 모시고 일본을 몇 번이나 갔다 왔는지 나 같은 사람은 감히 엄두도 못 냅니다."

나도 그의 말에 동의할 수밖에 없습니다.

"저도 마찬가지입니다."

기홍은 가벼운 미소를 지으며 말합니다.

"왜 못하냐? 안 해봐서 그렇지 한 번 하면 누구나 다 할 수 있는 일이야. 처음이 힘들 뿐 두 번째부터는 별로 힘든 일이 아니야."

"솔직하게 말하는 데 나는 아버님 목욕시키는 것까지는 이해가 되는데 어머님 목욕시키는 것은 자신이 없다. 그것도 집이 아니라 서울 호텔까지 모시고 가서 목욕시키는 것은 상상할 수도 없단다. 지금 내 어머님도 너의 어머님처럼 집에 누워 계시지만 승용차로 어머님을 모시는 것조차 우리 형제들은 감당 못해 장애인 택시를 불러서 해. 혼자서 차로 모시는 것은 꿈도 못 꾼단다."

솔직히 기홍과 통화를 하는 것은 나에게는 커다란 스트레스입니다. 통화할 때마다 그는 나에게 말합니다.

"누님 힘드니 네가 어머님 모시렴."

하지만 나는 어머님을 모시는 것에 자신이 없습니다. 어머님은 2년 전에 다리 관절이 부러져 병원에 입원했다가 합병증을 얻으셨습니다. 노환으로 인한 선망 증세까지 심해져 병원에서는 더 이상 치유가 안 되니 퇴원하라고 했습니다. 더욱이 어머님의 상태는 호전은커녕 하루가 다르게 나빠지고 있었습니다. 병원 의사는 길어야 2, 3개월이라 했습니다. 난감해하는 형제들에게 요양원 이야기를 조심스레 꺼내니 누님이 모시겠다고 합니다.

그 사이 기홍에게 자문을 구하니 그는 말합니다.

"네가 모시면 되잖아. 어머님 사시는 날도 얼마 안 된다며. 그래야 나중에 후회가 없다."

"남들은 전부 요양원으로 모시라고 하는데, 요양원에 모시는 것은 어떠냐?"

"이곳도 부모님이 편찮으시면 집에서 돌보는 것이 아니라 대부분 요양원으로 모시더라. 그런데 요양원으로 가신 분들은 금방 돌아가셔. 요양원에 들어가신 분들은 짧게는 수개 월, 길어 봤자 1년을 못 넘기신다. 건강한 사람도 병이 드는 곳이 요양원이야. 자식들은 집에서 모시는 것이 자신 없고, 자신의 눈앞에서 험한 꼴은 보기 싫으니 그 대체 방안으로 요양원에 모시는 거다. 하지만 부모님이 우리를 어떻게 키워주셨냐? 우리가 아무리 노력해도 부모님이 우리들에게 해 준 것의 백분의 일도 못 하잖냐. 그러니 아들인 네가 모셔."

그의 이야기엔 전적으로 동의합니다. 하지만 어머니를 모심으로 인한 스트레스는 아내도 아내려니와 내가 더욱 클 것이기에 감히 어머니를 모시겠다는 엄두를 못 냅니다. 그런 나에게 땀땀이 전화로 '어머님 모시라'는 그의 충고는 스트레스입니다.

어쨌든 내 어머니는 누님의 지극 정성으로 인해 벌써 2년째 집 안에 누워 계십니다. 누님의 얼굴엔 온갖 스트레스가 가득하지만, 나는 고개를 떨굴 뿐 어떠한 힘도 되지 못합니다.

방앗간 주인이 이야기합니다.

"정말 이 사장님 같은 분은 나라에서 효자상을 주어야 합니다. 요새 누가 이렇게 부모님을 간병한답니까? 저 역시 부모님을 모시고 있지만 이 사장님처럼 절대 못 합니다. 아버님 병 수발만 십 년 넘겨 하더니 이제는 어머님 간병을…. 부모님 수발하는데 좋은 시절을 모두 소진했는데도 언제나 밝은 모습으로 어머님을 대하는 모습은 성자예요. 성자."

기홍은 가볍게 손사래를 칩니다.

"쓸데없는 말씀 마시고 빨리 기름이나 짜서 주세요."

"기름을 내가 짜나 기계가 짜지. 좌우지간 이 동네는 이 사장님 때문에 난리가 아닙니다. 이 사장님이 어머님을 모시는 모습을 보고 자신들이 얼마나 부모님을 등한시 여겼는지를 깨닫고는 부모님을 생각하는 마음이 커졌습니다. 예전에는 노인분들이 몸이 안 좋아지면 자식들에게 피해를 끼치지 않으려 요양원으로 들어가는 것을 당연시했는데 지금은 사장님 이야기를 하며 집에서 요양하는 것을 원하는 분들이 많아졌답니다. 더욱이 자식들도 웬만하면 부모님을 케어하려 드는 것이 이 동네 추세입니다. 이러다가 이 동네가 효자 마을로 탈바꿈할 것 같아요."

나는 그에게 말했습니다.

"자리를 너무 오래 비운 거 아니냐. 내가 기름을 가지고 갈 테니 넌 먼저 집으로 가."

"괜찮아. 요양보호사가 와 있을 거야. 요양보호사님한테 이곳에 간다고 말했으니 걱정 안 해도 돼."

방앗간에서 나와 집에 도착하니 요양보호사님이 와 계십니다.

"벌써 어머님 얼굴을 씻기셨나 봐요."

"네, 물수건으로 씻겼습니다."

"참, 사장님 부지런하세요."

방 안으로 들어가서 어머님께 다시 인사를 하고 밖으로 나와 담배에 불을 붙입니다. 보호사님이 커피를 타서 나에게 건넵니다.

"친구분 정말 대단하세요. 몸도 못 움직이는 분을 모시고 일본 여행을 벌써 여섯 번이나 하셨으니."

"여섯 번이나요?"

"제주도나 속초, 경주 같은 데는 수시로 모시고 다니지요."

기홍도 밖으로 나와 내 곁에 앉습니다.

"야, 어머님 모시고 일본에 간 것이 여섯 번이나 되냐?"

"응. 맞아."

"너도 힘들겠지만 그렇게 모시고 다니는데 어머님이 힘들어하지 않으시냐?"

"응 괜찮아. 어머니가 밖에 나가시는 것을 좋아하시잖아."

하기야 십 년 전 봄, 어머님이 지팡이를 하고 걸어 다니는 것도 힘들어하실 때 내가 산나물을 하러 왔다는 이야기에 쫓아오라며 당신이 산길을 오르는데, 평지에서는 지팡이로 간신히 걸으시던

팔십을 넘으신 분이 갑자기 날개라도 단 듯 가시기에 뒤를 쫓아가기 버거워 놓쳐버렸던 기억이 떠올랐습니다.

어머님이 말씀하셨습니다.

"원래 산나물도 1천 미터 이상은 되어야 산나물이지 그 아랫것은 산나물도 아니야."

그렇게 모은 약초로 자식 넷을 서울로 유학 보냈습니다. 백여 호도 안 되는 산촌에서 중학교를 졸업시키는 것이 버거운 처지인데도 어머님은 자식 넷을 모두 서울에서 공부하게 했습니다.

"지금도 어머님 목욕 시키러 서울 호텔로 가냐?"

"예전같이 자주 가지는 않아. 지금은 분기별로 어머님 모시고 바람도 쐴 겸 지방 호텔로 모셔."

나는 그가 카톡으로 보내온 어머님의 밝은 모습이 떠올랐습니다. 분명한 것은 어머님은 못 움직이시지만 얼굴 표정만큼은 건강하고 밝은 모습이었습니다.

"어머님이 지난번 뵐 때보다 많이 좋아지신 것 같더라."

"응, 이번에 일본을 다녀오시고 나서 너무 좋으셨나 봐. 지금도 그곳에서 드셨던 생선회 이야기를 하신다. 어머니가 회를 좋아하시거든."

"생선회 같은 것은 드실 수 있냐?"

"작게 잘라 드리면 드셔."

"드신다니 정말 고마운 일이구나."

"그런데 이번에 일본에 갔을 때는 정말 힘들었어."

"왜?"

"보통 비행기를 타고 내릴 때는 에스컬레이터가 있어 휠체어를 사용하는 데 아무 문제가 없었거든. 그런데 작은 공항에는 공항 출입구에 에스컬레이터가 없는 경우도 있어. 비행기표를 예매할 때 어머니 상태를 이야기하면 한국 공항에서는 도착지에 연락해 에스컬레이터를 비행기 출입구에 갖다 놓거든. 그러면 어머니 같이 휠체어를 탄 분들도 에스컬레이터를 이용해 공항을 빠져나오는 데 아무 문제가 없어. 하지만 이번에는 한국에서 일본 공항에 연락을 안 하는 바람에 에스컬레이터 준비를 안 한 거야. 비행기에서 내리는 방법은 일반 승객들이 내리는 계단밖에 없다는데 정말 난감하더라. 비행기 승무원이나 공항 직원들한테 휠체어를 들고 내리는 것을 도와달라고 하니 그들은 사고가 나면 공항이 책임져야 하므로 도와 줄 수 없다고 이야기하더라. 다행스럽게도 건강한 호주 여행객들이 난감해하는 내 모습을 보더니 웃으면서 도와주더라."

그는 핸드폰 사진첩에 휠체어를 탄 어머님 양옆에서 V자를 그리며 환하게 웃고 있는 젊은 호주인들의 모습을 보여 주었습니다.

"여행하다 보면 정말 고마운 사람들이 많아. 일본이든 한국이든 휠체어를 탄 어머니를 모시고 가면 사람들은 아무 거리낌 없이 도와줘. 그리고 그들은 자신이 도움을 주었다는 순간을 사랑하더라. 그들이 자신들의 추억 속에 우리 모자를 담겠다고 핸드폰을 꺼내."

그는 그 순간순간을 담은 핸드폰 사진첩을 보여줍니다. 사진첩의 사진을 보는 그의 얼굴에는 실로 오랜만에 미소가 담겨 있어보기에도 너무 좋았습니다.

"잠깐 사진 좀 보자."

난 그의 핸드폰 사진첩에 담긴 사진 하나하나를 꼼꼼히 보았습니다. 카톡 속 어머님의 미소는 내가 총각이었을 때 보았던 온화함과 따사함이 가득했습니다.

"정말. 고생 많다. 네가 보내온 카톡 속 어머님 모습이 보기가 너무 좋다. 네가 고생한 보람이 있어 어머님 모습을 보는 내 마음이 편해진다. 욕먹을 이야기인데 부탁 하나만 들어줘라."

"야, 가진 것 없는 나한테 무슨 부탁?"

"힘든 부탁인데 꼭 좀 들어줘라. 다른 사람들은 들어줄 수 없어너만 들어 줄 수 있는 부탁이야."

"그래 말해봐. 들어줄 수 있으면 들어주고 들어 줄 수 없는 것이면 못 들어주는 거지."

"너 죽어서 옥황상제님한테 준호란 친구 올라오면 너랑 함께 있게 해달라고 꼭 이야기해 줘라. 친구 덕에 나발 분다고 나도 네덕에 죽어서 천당으로 가게. 여태까지 내 행동에 언감생신 천국

같은 곳은 꿈도 못 꾸었는데 너 하는 모습을 보니 너 이름만 팔아도 천국에 들어갈 수 있을 것 같다."

"쓸데없는 이야기하지 마."

"꼭 옥황상제에게 친구라고 말하는 것 잊지 마라. 아니면 네가 있을 천국까지 가서 분탕질을 쳐 내가 있는 지옥으로 끌고 갈 테니 알아서 해라."

난 그의 우직한 모습에 잠시 생각에 잠겼습니다. 어머님의 마지막 여행이라고 생각하고 떠난 여행이 여섯 번, 벌써 육 년이란 시간이 흐른 것입니다. 하지만 친구의 정성으로 어머님의 모습은 병상에 누워 계실 때보다 훨씬 좋아졌습니다. 그에게 감탄의 말을 전할 수밖에 없습니다.

"기력도 없으신데 어떻게 비행기를 타고 일본 여행을 하나?"

"누워서 집에만 계시니 너무 답답해하셔."

"그 몸으로 여행하시겠다는 어머님도 대단하지만, 몸도 성치 않은 어머님을 모시고 일본으로 갔다 온 네가 더 대단하다고 생각한다. 난 네가 하는 행동 십만분의 일 아니 백만분의 일도 못한다. 난 네가 내 친구라는 것이 자랑스럽지만 나 자신은 너무 부끄럽다."

그는 항시 엷은 미소를 지으며 생활합니다. 서울에서 살 때는 싫으면 싫다고 좋으면 좋다는 감정이 얼굴에 쓰여 있었습니다. 아버님이 병환으로 누워 계셨을 때는 항시 그늘이 있었습니다.

하지만 어머님을 돌봐야 하는 상황에서는 그늘이 사라진 평화로운 모습이었습니다. 그는 자신의 처지를 늘 고맙고 감사한 마음으로 예우합니다.

그는 지금 어머니와 혼연일체가 되어 아무런 불평과 불만 없이 생활하고 있습니다. 그런 모습에 고개를 숙이면서도 속물근성으로 가득한 나는 주제넘게 연민의 정을 느낍니다. 난 친구의 삶에 깊은 존경과 경의를 느끼지만 절대로 그의 그림자도 못 따라갑니다.

안 보면 잊는 것이 우리들의 이야기입니다. 시간은 자신의 그림자를 추스르는 것도 버거워합니다. 일 년에 두 번 설날과 추석이 되면 친구의 어머님을 뵈러 양구로 갑니다. 최소한 나의 기억속에 아름다운 삶의 모델로 그를 박제하려고 말입니다.

대보의 첫 농사

남양주시에 500여 평의 밭이 있습니다. 직장생활을 하면서 혼자 농사를 짓기엔 감당하기 힘이 듭니다. 주변 지인들을 감언이설로 꾀어 농사를 짓게 합니다. 농사일을 한 번도 안 해 보았던 지인들은 한 치의 미련도 없이 한 해 농사 경험으로 만족해 합니다. 농사를 지을 분이 해마다 바뀌기에 이제는 경작할 사람이 내 주변에는 거의 없습니다.

대보에게 이야기했더니 대한과 함께 농사를 짓겠다고 합니다. 대보는 승용차가 없습니다. 그렇기에 매주 일요일 함께 밭으로 가기로 약속하고 농사를 짓기로 했다고 합니다. 두 분 또한 농사가 처음인지라 그들에 대한 기대치는 전혀 없었습니다.

대보에게 말합니다.

"밭의 위치가 너무 멀어서 걱정됩니다."

그는 나이에 어울리지 않게 순수한 눈빛으로 답합니다.

"어머니가 불편하셔서 집에만 계십니다. 먹을거리가 풍성해지면 어머니를 모시고 가려고요."

대보 공장에 가니 바닥에 수백 개 포트가 놓여 있습니다. 수십 가지 쌈채류, 온갖 종류의 수박과 참외, 그리고 잡다한 작물들이 포트에 심겨져 있습니다. 네 고랑의 밭 중 이미 한 고랑은 감자를 심었기에 남은 밭에 작물을 심기에는 밭이 모자랍니다. 하루 종일 바쁘게 일을 하는 분이 이렇게 만들었다는 것이 너무 놀라웠습니다. 그리고 작물이 냉해를 입을까 봐 포트 위에 비닐을 깔아 놓은 모습은 절대 초보자의 솜씨가 아니었습니다.

"와! 사장님, 정말 대단합니다. 농사지어 보셨어요?"

"아니요."

"포트에 씨앗을 심는 것은 어떻게 아셨어요. 그리고 만들어 놓은 것은 완전히 종묘사 솜씨네요. 파져도 되겠습니다."

그는 칭찬을 듣자, 자신의 노고가 봄눈 녹듯 사라집니다.

"사장님, 이것 아세요. 이 수박은 애플 수박이라고 작지만, 엄청 달다고 합니다. 이 수박은 레몬 향이 납니다. 이 참외는…."

"아니 어떻게 그런 것을 다 아세요."

"인터넷에서 배웠어요. 인터넷에 다 있어요."

"처음 한 솜씨가 아닌데요."

"아니에요. 처음이에요."

"그나저나 사장님, 이것을 다 심기엔 밭이 작아요. 작물이 너무 많습니다."

"괜찮아요. 다 생각이 있습니다."

드디어 본격적으로 농사가 시작되었습니다. 밭 한 평에 한 봉지의 쌈 채를 뿌립니다. 한 평에 한 봉지의 당근을, 다른 한 평엔 한 봉지의 시금치를 심습니다. 아직도 그의 손에는 몇 개의 씨앗 봉지가 남아 있습니다. 그 모습을 보니 한숨이 나올 수밖에 없습니다.

"사장님, 죄송하지만 그렇게 심으면 차라리 안 심은 것만도 못합니다. 지금이라도 조금 걷어내고 간격을 두고서 심으세요."

그는 내 말에 들은 척도 안 합니다. 네 고랑의 밭에 한 고랑은 호박과 수박 그리고 참외를 심었습니다. 그 와중에 토마토 30개, 오이, 가지, 고추 모종을 사다 달라고 부탁합니다. 그의 고집을 알기에 사다 주었습니다. 남은 두 고랑은 고구마를 심고 그 외 밭작물을 모두 심었습니다. 그의 밭을 보면서 노력에 비해 안 좋은 결과가 분명하기에 이 밭에 관한 한 모든 것을 손절하리라 다짐했습니다.

대보와 대한이가 밭을 가꾼 지 한 달쯤 지나자, 쌈채류부터 먹을거리로 합격을 받습니다. 대한은 내 조언을 좇아 작물을 심은 덕에 오전만 일을 해도 일과를 끝낼 수 있습니다. 하지만 대보는 작물을 솎아내면서 수확하려니 늘 시간이 부족합니다. 대보는 심은 작물이 워낙 많고 일주일에 하루만 짓는 농사라 대보가 아무리 열심히 해도 밭은 엉망입니다. 고추와 감자 그리고 고구마와 몇 개의 밭작물을 심은 대한은 콧노래를 부르며 시원한 냉커피를 마십니다. 땀으로 범벅이 되어 땅바닥을 기어다니는 대보는 화장실 갈 시간도 없습니다. 대한은 자신의 수확물을 차에 싣고 대보에게 갑니다.

"갑시다. 더워서 못 있겠습니다."

잡초를 제거하고 이제 수확물을 따기 시작한 대보를 쫓아다니며 보챕니다. 대보는 버럭 언성을 높입니다.

"바쁘니까 저리 가세요."

땀범벅인 대보의 모습을 재미있어 하며 나에게 옵니다.

그런 모습을 보니 나도 한마디 안 할 수 없습니다.

"사장님, 지금 사장님 손에 있는 냉커피 누가 사 준 거에요."

밉상 가득한 모습으로 냉커피에 꽂힌 빨대로 시원하게 빨아 마시면서 이야기합니다.

"대보요."

"밭에서 고생한다고 쿠팡에 전화해서 사장님 냉커피를 사주기까지 했는데 도와주지는 못할망정 쫓아다니면서 보채는 심보는 뭡니까? 대보 사장님은 아까부터 화장실을 가야 한다고 말씀하시면서도 일이 밀려 밭을 떠나지도 못하는 게 안쓰럽지 않습니까? 하기야 사장님한테 그런 배려심이 있었다면 이렇게 수다나

떨고 있지는 않았겠지요."

"사장님 말씀대로 심었으면 간단한 것을…. 저렇게 오만가지 심어 사서 고생하는데 제가 어찌 할 도리가 있나요?"

대한에게 다가가 조용히 이야기했습니다.

"그건 맞는 말씀입니다. 그래도 대보 사장 밭에 있는 수박과 참외는 정말 잘됐어요."

"맨날 차 타고 오면서 수박과 참외 이야기만 합니다. 딸 때 어머님 모시고 밭에 오겠다고 합니다."

"참, 대보 사장 효자예요. 효자. 좀 좋은 것 있으면 꼭 어머님께 갖다 드리잖아요."

"그건 맞아요."

"내가 수박과 참외는 넝쿨로 자라니 밭작물과 함께 심으면 안 된다고 했는데…. 가장자리에 말뚝을 세우고는 가지치기도 제대로 하면서 그물망을 걸쳐서 아주 잘 키운 것을 보면 정말 대단합니다."

"익으면 수박하고 참외 달라고 했는데 펄쩍 뛰면서 한 개도 안 준다고 합니다. 내가 훔쳐 가면 되니까 신경은 안 써요."

"다른 것은 몰라도 수박하고 참외를 훔치다가 들키면 즉결 처분으로 사망할 것 같은데요. 전 그래서 아예 근처에도 안 가잖아요."

대한 사장 말마따나 다른 것은 몰라도 수박하고 참외 농사는 정말 잘됐습니다. 파는 것보다 훨씬 크고 탐스럽게 크고 있었습니다. 하기야 수박과 참외를 심지 않는 게 좋겠다는 내 이야기를 듣고 대보는 이야기했습니다.

"수박과 참외는 꼭 심어야 합니다."

"참외나 수박 같은 것은 넝쿨로 자라기 때문에 밭이 개판이 될 텐데…"

"어머니 몸이 불편하셔서 항시 집안에만 계세요. 어머니를 모시고 와서 잘 익은 수박과 참외를 보여 드릴 것입니다. 다른 것은 다 망쳐도 상관없어요. 그것들만 어머니께서 맛있게 드시면 전 만족합니다."

말하는 그의 눈빛은 철부지 어린이의 눈동자에서 볼 수 있는 설렘과 기대감으로 빛을 발합니다.

대보는 처음 농사를 지었으니 당연히 수박이나 참외를 가꾸어 본 적이 한 번도 없습니다. 단지 유튜브 속 화면에 매료되어 그 모습을 어머님에게 보여주고 싶은 열망에서 만든 작품입니다. 제 경험상 유튜브의 모습과 실제 모습은 다를 수 있는데 초보 농부 대보는 참외와 수박만큼은 성공작이었습니다.

밭을 뒤로 하고 떠나는 대보는 항시 아쉬움이 가득합니다. 그는 열심히 일을 했어도 자신의 손길을 필요로 하는 밭을 떠나는 게 걸렸는지 자꾸 뒤를 돌아봅니다. 그의 모습이 안쓰러워 대한이는 자기 몫의 농산물을 듬뿍 대보에게 건넵니다.

"이거 어머님께 가져다 드리세요."

대한의 속 깊은 배려에 풀 죽었던 대보의 어깨가 조금은 펴집니다. 오십이 넘은 중년 남자의 수정처럼 빛나는 눈동자가 너무나 보기 좋습니다.

대보는 일의 특성상 일주일 내내 밤낮으로 자신의 공장에서 일을 합니다. 돈을 많이 벌겠다는 욕심으로 일을 하는 것이 아니라 거래하시는 분들이 급하게 일을 부탁해도 성격상 그것을 거절 못하고 납기를 맞추어주기 때문에 밤낮 안 가리고 일을 합니다. 하는 일의 양에 비해 수익이 좋은 편도 아닙니다. 하지만 '저렴한 가격, 신속한 대응'이 대보의 사업 모토이기에 자신의 시간이란 아예 없습니다.

대보를 안 지 몇 년이 지났지만, 대보는 부모님께 인사하러 가는 일 아니면 한 번도 공장을 벗어난 적이 없습니다. 그런 사람이기에 자신이 가꾼 '어머님의 정원'으로 어머님을 모시고 왔을 때 당신을 위해 이것을 만들었다는 사실을 떠올리며 미소 지으실 어머님을 상상해 보는 것만으로도 행복해 하는 것입니다. 어쩌면 공장에 갇혀 사는 삶에서 탈출해 즐겁고 행복한 순간을 누리고 있을지도 모릅니다.

6월 말이 되자 감자 수확이 시작됩니다. 토마토, 오이, 고추도 먹을 만하게 크고 있습니다. 대보는 수박과 참외를 심은 곳에 지속적으로 말뚝과 그물망을 보강하며 줄기가 잘 뻗도록 유도합니다. 수박과 참외밭에는 옅은 과일 향을 뿌려 놓습니다.

이웃에서 농사를 짓는 우 사장이 말합니다.

"여태까지 황 사장 밭에서 농사짓는 사람 여럿 보았지만, 이 사람처럼 제대로 된 농사꾼은 처음 보네. 농사를 많이 지어 본 솜씨야."

"형님, 이 분 올해 처음 농사짓는답니다."

가뜩이나 밭에 작물이 포화 상태인데도 부천 공장엔 언제나 포트에 모종이 심어져 있고 인터넷으로 구입한 모종을 가져와 밭에 꾸겨 심습니다. 거기에다가 수박이 익을 때면 오실 어머님 구경하시라고 꽃들도 심습니다. 하지만 수박과 참외를 심은 밭만큼은 어느 농부의 밭에 견주어도 어깨를 나란히 할 겁니다.

"수박이 많이 컸네요. 그리고 정말 참외가 탐스럽게 잘 자랐네요. 파는 것보다 더 큰 것 같아요."

짙은 줄무늬를 만들면서 주변에 진한 단내음을 내기 시작합니다.

일주일에 한 번 돌보는 농사라 어떤 날은 작물을 수거하는 것만으로도 하루가 소비됩니다. 온갖 작물을 다 심은 대보이기에 밭을 돌보기에는 시간이 너무 부족합니다. 그래서 대보는 항시 만족하지 못하며 짙은 아쉬움을 간직한 채 밭을 떠납니다.

대한이 이야기합니다.

"사장님 미치겠어요. 부천에서 새벽 3시에 출발하자고 합니다.

아무것도 안 보이는데, 밭에 와서 무엇을 할 수 있다는 건지…."

대보는 당당하게 말합니다.

"밭에 전등을 설치하면 충분히 할 수 있습니다."

그 말에 나는 토를 답니다.

"사장님 효율도 떨어질뿐더러 제대로 보이지 않아 발에 작물이 밟혀 오히려 자라는 작물이 손상될 수 있습니다. 최소한 주변이 훤해져야 일을 하죠."

고집이 센 대보는 인터넷으로 구입한 장비를 자랑합니다. 광부들이 탄광에서 쓰는 헬멧 전등을 구입했습니다. 큼직한 손전등도 마련했습니다. 대보는 벌써 어둠 속에서 열심히 밭일을 하는 자신을 그리며 행복해합니다.

"사장님, 이성을 찾으세요. 여기 있는 세 사람 모두 상태가 불량한 것은 알았지만 예전에 사장님은 이렇게까지 망가지지는 않았습니다. 이 세상 어느 농부가 광부나 사용하는 렌턴을 쓰고 농사를 짓습니까?"

"일이 밀려서 그래요. 적어도 오후 1시까지 회사로 돌아가서 일을 해야 합니다."

"오실 때 잠은 제대로 자고 오시나요?"

"예, 잠깐 눈은 붙이고 옵니다."

대보는 밭에 올 때 제대로 잠도 자지 못하고 옵니다. 밭에 일을 마치고도 쉬기는커녕 회사에 도착하자마자 일을 합니다. 거기다

밭에 올 때면 요깃거리와 음료수들을 가득 챙겨 옵니다. 나와 대한은 항시 공짜로 얻어먹습니다.

"나 같으면 이런 것 구입할 돈으로 그냥 집에서 사 먹겠습니다. 몸도 편하고 돈도 절약되고…. 도대체 왜 이렇게 미친 짓을 하는지 이해가 안 갑니다."

그의 눈동자는 어린아이같이 설렘이 가득합니다.

"어머니 거동이 불편하셔서 문밖출입이 힘듭니다. 건강이 안 좋아지신 후 외출하신 적이 거의 없습니다. 차로 모시고 와서 휠체어로 제 밭의 모습을 보시면서 바람도 쐬시고 기분 전환 좀 하게 하려고요. 그리고 저번에 사장님이랑 간 곳에서 가족과 함께 식사를 하려고 합니다."

"그러면 어머님이 좋아할 수박, 참외나 심고 몇 가지 작물만 심으면 되지. 왜 저렇게 오만가지 작물들을 다 심어 고생하세요."

"누나와 조카들이 심어 달라고 하는 것을 심은 겁니다."

비로소 여태까지 그가 했던 행동이 이해되었습니다. 보기와는 달리 매사가 신중하고 꼼꼼한 그이지만 누나와 조카들이 '이것 심어 주세요. 저것 심어 주세요'라는 말에 거절하지 못하고 결과를 알면서도 그는 혹시나 하는 마음에서 심은 것이었습니다.

"부모님이야 그렇다손 치고 형제와 조카들은 자기가 와서 심고 수확해 가야지…."

"바쁘잖아요."

나는 그의 얼굴에서 '아낌없이 주는 나무'의 그림자를 엿봅니다.

보편적으로 대한과 대보는 해가 기지개를 켤 때쯤 남양주 밭에 도착합니다. 밭에 머무는 시간에 비해 돌보아야 할 시간이 점점 더 모자라 대보는 혼자 택시를 타고 밭에 도착합니다. 그래도 시간이 부족한지 새벽 한 시에 오기도 합니다. 때로는 하루 종일 일을 하고 온 탓에 모기향을 피우고는 땅바닥 위에 작은 바닥 깔개를 깔고 대자로 뻗어 잡니다. 항시 잠이 모자란 그는 '내 손길이 닿은 작물은 잘 키워야지' 다짐하지만 피곤함에 찌든 몸을 이길 수는 없습니다.

오전 6시면 도착하는 대한이 나에게 넋두리합니다.

"이제는 전화도 안 받고 혼자 도망쳐 옵니다. 그리고 택시 타고 밭에 새벽 1시에 온다는 게 말이 돼요? 그리고 와서 일이나 했으면 몰라요. 피곤해서 잠만 잤데요. 잠만. 거기다가 모기에게 뜯긴 것이 제 탓인가요? 왜 나한테 짜증을 내요."

대보에게 이야기합니다.

"택시비도 수월치 않을 텐데요…. 얼마나 나왔어요?"

"칠만 원이요."

"떼려 치우고 그 돈으로 사다 드세요."

"어머니는 제가 가져다준 이곳 작물을 좋아하십니다."

잘 익은 토마토 열매 냄새, 달콤하다 못해 현기증마저 일으키는 농익은 참외 내음, 잘 익어 가는 수박의 단내음…. 밭의 중앙에는 항시 대보 어머님의 잔잔한 미소가 있는 듯합니다. 그 모습을 지켜보는 대보 역시 환한 미소로 여태까지 흘렸던 땀의 노고를 잊고 있습니다.

하기야 예전에 내가 단풍나무 수액, 쌈채, 자두며 각종 야채와 과일을 가져다주면 그는 항시 어머님에게 가져다 드렸습니다. 먹을거리를 가져다줄 때마다 그의 얼굴에는 내가 준 것을 어머니에게 가져다주는 자신을 상상하는 것만으로도 어린아이가 맛있는 것을 먹는 것처럼 행복해했습니다. 그가 밭작물을 이야기할 때에는 항시 어머니가 있었습니다.

그리고 마침내 어머님이 밭에 다녀가셨습니다. 행복해야 할 그의 안색이 별반 상쾌하지가 않습니다.

"어머님이 무척 좋아하셨겠네요."

시큰둥하게 답합니다.

"아니요."

"사장님이 그토록 염원하던 수박 농사도 잘됐고 참외와 토마토, 오이 모두 잘 됐잖아요."

"어머니요. 내가 가꾼 것들보다 돈을 더 좋아한답니다."

아무리 우직한 그이지만 어머님의 처신이 못내 섭섭했나 봅니다.

"잘 익은 참외와 수박을 드린 것보다 용돈을 드리니 그것을 더 만족해하시더라고요.”

“당연하지요. 우리 어머니도 돈을 가져다 드리는 것을 제일 좋아합니다. 하지만 뒤에서는 아들이 정성껏 키워 당신을 위해 가져다드린 것들을 얼마나 자랑스러워하고 고마워하는데요. 연세를 드시면 원래 말주변이 없어지십니다. 정말 그동안 수고하셨고, 정말 잘하셨습니다.”

“저기 보이는 큰 수박이 아직 덜 익어 어머니께 드리지 못한 게 아쉽습니다. 원래 저것을 드렸어야 했는데….”

“다음 주에 가져다 드리면 되지요.”

대보를 안 지가 5년은 된 것 같습니다. 그를 만날 때 그의 눈동자엔 항시 어머님의 모습이 있었습니다. 사소한 것부터 시작해 건강에 좋다는 것까지 바쁜 그의 일과 속에서도 어머님의 건강과 마음을 헤아리기에 전념합니다. 그런 마음을 마주하는 나는 커다란 축복을 받은 행운아라고 생각됩니다.

행복 2

행복은 오늘 만나는 존재입니다.

작은 것에 고마워하고, 작은 것에 감사하는 것은

행복의 문을 여는 첫 순간입니다.

작은 것에 고마워하고, 작은 것에 감사하는 것은

행복의 문을 닫는 마지막 동작입니다.

지금 당장 당신의 얼굴에 미소가 있다면

당신은 행복한 것입니다.

맞이하는 순간들에게 미소를 만들어 주십시오.

맞이하는 순간들을 모으면 오늘이 완성됩니다.

오늘이 쌓이면 아름다운 이야기들이 모아집니다.

매 순간 풍요로운 미소가 있는 이는 행복한 것입니다.

일을 한다는 것

송추 건널목 떡볶이

도훈은 학업에 큰 뜻이 없는지라 학교에서 큰 사고 치지 않고 결석도 안 하는 것으로 만족하는 평범한 학생이었습니다. 그는 중학교 때 수업이 끝나면 학교 앞 떡볶이집에서 살다시피 했는데 그곳에서 자신이 앞으로 해야 할 일을 찾았습니다.

학생들이 올망졸망 모여 앉아 떡볶이를 먹고 행복해하는 모습이 너무 보기가 좋았습니다. 순간 자신도 맛있는 것을 만들어 나눈다면 사람들이 행복해할 것이란 생각이 들었습니다.

시간이 흘러 그는 다른 사람들처럼 회사에 다니고 결혼도 했습니다. 직장생활을 하면서 점점 자신이 생각하지 않던 길을 걷고 있는 모습에 짜증이 났습니다. 스트레스가 쌓이면 쌓일수록 요식업에 대한 꿈은 솟아올랐습니다. 직장생활이 길어질수록 그는 초조해졌습니다.

방황 아닌 방황을 하는 가운데 우연히 회사 근처 분식집에서 떡볶이를 먹게 되었습니다. 먹는 순간 뇌가 요동을 쳤습니다. 가슴속에는 강렬한 탄성이 터져 나왔습니다.

'야! 바로 이것이야.'

저렴한 가격에 맛있는 떡볶이를 먹는 이들이 너무 행복해 보였습니다. 이후 그는 전국에서 손꼽히는 떡볶이 맛집을 찾아다니며 입동냥, 귀동냥으로 얻은 소스를 만들었습니다. 도저히 자신의 능력으로 알 수 없는 비결은 돈을 주고 배우기도 했습니다.

직장생활을 하며 집에서 몇 년 동안 내공을 쌓아 갔습니다. 하지만 그 모습을 지켜보는 아내의 입장에서는 분통이 터질 일이었습니다. 한 번 소스를 만드는 재룟값으로 10만 원이 지출되는 것은 일도 아닙니다. 재료 구입부터 소스 완성까지는 하루가 넘을 때도 있습니다. 소스는 200인분을 기본으로 만듭니다. 손님들이 행복해야 하기에 재료는 고급을 고집했습니다. 소스가 마음에 안 들면 버렸습니다. 때문에 아내와 말다툼을 하기 시작했습니다. 자신을 이해해 주지 않는 아내에게 실망감을 넘어 반감마저 생겼습니다. 자신이 소스에 미치면 미칠수록 아내와의 대화 시간이 짧아졌습니다.

그러던 차에 그는 사업을 하게 되었습니다. 직장생활의 한계도 있었지만, 송추에 있는 사무실 공간에 마음 편하게 떡볶이 소스를 만들 수 있는 공간이 있다는 것이 한몫을 했습니다. 사업은 그가 생각한 대로 무난하게 굴러갔습니다.

도훈이는 시간 나는 대로 떡볶이 소스를 만듭니다. 마음에 들지 않는 것은 과감히 버리고 마음에 드는 것은 유리병에 담아 지인들에게 나누어 줍니다. 먹어 본 많은 사람들이 맛이 있다고 칭찬합니다. 나누어 준 양이 적은 양이 아니기에 지인들은 다른 용도로 사용하기도 합니다. 어떤 사람은 돼지고기 주물럭 양념으로 쓰기도 하고, 닭갈비를 해서 먹기도 합니다. 심지어 어떤 지인은 나물도 무쳐서 먹습니다. 모두 다 맛있다고 합니다. 떡볶이 소스로 외도를 부추기는 지인들에게 조금도 섭섭해하지 않고 밝은 표정으로 답합니다.

"그렇게 해서 먹어도 맛있다고 하면 정말 고마운 일이지."

떡볶이 소스의 순결함을 지워버린 지인들의 패륜적인 행위에도 도훈은 '맛있게 먹었다'는 말 한마디면 만사 오케이입니다.

지인들의 호응에 힘입어 드디어 떡볶이집을 개업합니다. 바쁜 사업 일정과 겹치니 마음만큼 몸이 따르지 못합니다. 한결같은 소스를 공급하지 못하니 폐업으로 결론이 납니다. 문을 닫았지만 마음은 늘 떡볶이 가게에 있기에 다시 창업을 합니다. 하지만 결과는 똑같습니다. 그가 제 때에 소스를 공급하지 못하는 것이 실패 원인입니다.

그런 까닭에 회사 근처인 송내에서 떡볶이 가게를 열어 손수 주방을 관리하자 자신이 생각한 대로 가게는 문전성시를 이루었습니다. 도훈은 손님들의 밝은 모습에 다시 행복을 찾았습니다. 적은 금액으로 온 가족이 외식을 즐기거나 집에서 가족이 도란도란 앉아 자신이 만든 먹을거리로 하루를 마감한다고 생각하니 즐거움이 쌓여갔습니다.

그러던 어느날 지방 출장 중에 갑자기 심근경색으로 쓰러져 병원으로 실려 가는 일이 생겼습니다. 조금 늦게 도착했으면 사망했을 거라는 의사의 소견을 듣습니다. 그동안 떡볶이 사업으로 인해 대화가 소원했던 아내가 도훈의 수발을 들었습니다. 난감해하는 자신을 돌보는 아내의 모습에서 자신을 진정으로 아끼고 사랑하는 사람은 아내뿐임을 절실히 깨닫습니다. 소스를 위해 무던히도 아내 속을 썩인 자신의 행동을 반성하는 소중한 시간이었습니다.

아내의 헌신적인 간호로 인해 예상보다 일찍 퇴원했습니다. 의사 선생님이 말합니다.

"선생님 같은 경우는 정말 행운이라고 생각하셔야 합니다. 대부분의 경우 사망하시거나 보편적으로 후유증으로 시달리는데 퇴원 후 몸 관리만 잘하면 정상을 찾으실 겁니다. 그러니 몸 관리 철저히 하세요."

건강이 나빠진 결과로 떡볶이집은 다시 폐업의 수순을 밟을 수밖에 없었습니다.

퇴원 후 송내사무실에 들렀다가 자신도 모르게 폐업한 떡볶이

가게 문을 열고 가게 안으로 들어갔습니다. 가게 안의 텅 빈 을씨
년스러움이 그의 마음 같습니다. 갑자기 학생들이 문을 열고 가
게 안으로 들어왔습니다.

"오늘도 가게 문 안 열었을까봐 걱정했는데…. 문을 열어서 다
행이네요."

"학생들 미안한데 당분간 장사 안 해요."

그의 말에 학생들이 놀란 표정을 짓습니다.

"아니 왜요?"

"떡볶이 소스를 만드시는 분이 갑자기 몸이 아파 병원에 계셔
서요. 정말 미안하게 되었네요."

한 학생이 말했습니다.

"그럼, 언제 떡볶이를 먹을 수 있는데요."

"그분이 몸이 많이 아파서 시간은 좀 걸릴 것 같은데…. 그래서
지금은 언제쯤 다시 오픈한다는 말을 할 수는 없어요."

학생들은 아쉬워하며 한마디씩 합니다.

"이 집 떡볶이 맛있는데…."

"다른 집 것은 맛이 없어."

"그럼, 뭐 먹지?"

"그냥, 저 위에 있는 피자나 먹으러 가자."

그들이 떠나가자 건강을 자신할 수 없는 자신의 모습에 가슴
이 먹먹해집니다. 도훈의 뒷모습을 보고 주방장이 문을 열고 들

어왔습니다.

"사장님, 건강은 괜찮으세요."

"네, 많이 좋아졌습니다."

"부동산에서 이 가게 언제 이사할 수 있냐고 전화가 왔습니다."

도훈은 잠시 생각에 잠깁니다. 아내에게는 다시는 떡볶이를 안 하겠다고 약속했지만 조금 전 찾아온 학생들에게 무심결에 한 자신의 약속이 마음에 걸립니다.

"부동산에는 계속 장사할 것이니 임대는 신경 안 써도 된다고 말씀하세요."

그는 몸이 건강해야 가정이나 그가 하고 싶은 떡볶이 사업도 할 수 있기에 우선 먹는 것에 조심하고, 버스나 지하철을 타고 다니면서 생활합니다. 그리고 되도록이면 청량리에 있는 집에서 출퇴근합니다. 지방 업무가 많은 편이지만 일 년 넘도록 생활하니 이제는 자가용 없이도 그럭저럭 지낼만합니다.

송내에 있는 회사 직원들은 송내에 비어 있는 떡볶이 가게의 임대료를 일 년 이상 지불하고 있으니 걱정스러운 마음으로 이야기합니다.

"사장님, 미련 버리시고 가게를 접으세요. 아니면 다른 사람한테 임대를 주시던가. 거기는 장사 목도 좋아 가게는 금방 나갈 겁니다. 장사도 안 하면서 임대료와 관리비를 낸 것이 벌써 2년째를 향해 가고 있습니다."

지금 당장이라도 소스를 만들고 가게를 오픈하고 싶은 마음은 굴뚝같지만, 아직까지 건강이 허락하지 않습니다.

오랜만에 송추 3층 사무실에서 창밖을 봅니다. 눈발이 날리는 창문 밖 풍경이 한 폭의 수채화처럼 와 닿습니다. 세상을 새하얗게 덮어 주는 놀라운 솜씨에 그의 시름도 함께 묻히는 것 같았습니다. 그의 사무실 앞에는 오래전부터 사용하지 않는 철길이 있습니다. 그의 사무실 4층은 아무도 사용하지 않는 사무실입니다. 3층 사무실에서 보는 풍광과 4층 사무실에서 보는 풍광은 다릅니다. 4층 사무실은 3층 사무실보다 짙은 여유로움이 있습니다. 눈 내리는 창문 밖 풍광은 한가로움이 가득합니다.

도훈의 눈빛은 오랜만에 생기가 가득합니다. 항시 자신의 손길과 정성이 가득할 수 있는 4층 사무실에 떡볶이 가게를 오픈하겠다는 생각이 들었기 때문입니다. 더욱이 철길을 건너기 전에 한 번쯤 좌우를 둘러 봐야 했던 여유로움이 있는 건널목 떡볶이 가게는 이곳을 찾는 이들의 살아온 이야기들과도 친밀할 것이라는 생각이 들었습니다.

도훈은 예전 같지는 않지만 퇴원하고 난 후 어쨌든 조금씩 건강을 되찾고 있습니다. 소스를 1층에서 만들고 4층에 떡볶이 가게를 오픈하면 자신의 건강에도 별반 무리가 가지 않을 것이라고 생각합니다. 그는 반드시 이곳에서 떡볶이 가게를 오픈 할 것입니다. 송내의 문 닫은 가게를 찾아온 학생들을 꼭 만나서 이 가게로 초대할 것입니다. 자신을 기억해 주는 이들에게 감사함을 전할 것입니다. 흐트러진 그의 마음을 다시금 다독여주고 그의 건강에 더욱 신경 쓰게 해준 그들의 말 한마디가 고맙기 때문입니다.

그는 자신을 사랑합니다. 자신을 사랑하기에 이웃을 사랑할 수 있습니다. 그는 자신이 만든 떡볶이로 철길을 지나는 모든 이들의 입을 즐겁게 할 수 있다는 생각에 기쁨이 솟아납니다. 그는 이 세상 어떤 사람보다도 행복한 사람인 것입니다.

끝까지 책임지는 사장님

현대 사장으로부터 만나 달라는 전화가 왔습니다. 항상 웃음 가득한 그의 얼굴은 오늘따라 어둡기만 합니다. 그는 힘들게 입을 엽니다.

"회사 문을 닫아야겠습니다."

삼성이 주거래처인데 현대에 발주하던 모든 물량을 한국이 아닌 중국에서 제조하니 많은 직원을 둔 현 상황을 감당할 수 없었던 것입니다. 얼마 전까지만 해도 은행 지점장이 직접 찾아와 현대에게 '융자 좀 받으라'고 통사정했었습니다. 그는 일 욕심이 많은 탓에 제조업에 필요한 값비싼 기계들을 구입합니다.

나는 그에게 말했습니다.

"사장님, 기계를 구입하는 것도 중요하지만 공장을 구입하세요. 땅값도, 임대료도 오르는데 공장 먼저 구입하시고 안정되면 그다음에 기계를 구입하십시오. 대현은 공장을 구입해서 마음 편하게 일하더라고요."

"사장님이 몰라서 그렇습니다. 이 기계들이 하루에 벌어 주는 돈이 얼마인데요. 제조하는 사람이 임대료 생각하면 사업 못 합니다."

"사장님 말씀대로 세상이 굴러가야 정상인데. 제조업 하는 분들이 점점 힘들어지잖습니까? 땅값은 지속적으로 오릅니다. 지금 제조업 해서 돈 번다는 것은 거짓말입니다. 제조는 현상 유지만 해도 다행이라 여기고 노후를 감안해 공장 부지를 구입하시는 게 현명합니다."

똑같은 제품을 삼성에 납품하던 대현은 현대보다 매출이 적은데도 삼성이 중국에 가는 것을 대비해 인원과 기계를 줄였습니다. 그리고 자신의 공장을 구입해 고정비용을 줄였습니다. 몸집을 줄인 까닭에 대현은 삼성의 물량이 없어도 그리 타격이 크지 않았습니다. 하지만 현대는 직원들을 책임지겠다는 생각으로 '다음 달은 좋아질 거'라는 신념으로 고군분투했습니다. 삼성이 한국을 떠난 지 몇 개월이 지났건만 삼성을 대체할 납품처가 없었기에 부득이 문을 닫을 수밖에 없었습니다. 나도 대충 상황을 예상했기에 그에게 말했습니다.

"언제 문을 닫을 겁니까?"

"직원들 퇴직금 문제와 제가 정산해야 할 것들이 많아 3개월

후에 문을 닫을 겁니다."

"사장님, 부탁 하나만 들어주시겠습니까?"

"말씀하십시오."

"이번 달부터 결제하지 마십시오. 그리고 사장님 공장이 문을 닫을 때까지 나오는 제품들은 무상으로 하겠습니다."

그는 내 말에 단호한 목소리로 말했습니다.

"말도 안 됩니다. 사장님한테 부탁하고 싶은 것은 혹시 결재가 늦어지더라도 반드시 결재할 테니 걱정하지 말라는 것입니다."

"그렇게는 못 하겠습니다. 여태까지 사장님 덕분에 먹고 살았는데 이렇게 힘든 데 제가 도울 수 있는 최소한의 방법은 결재를 안 받는 것이라고 생각합니다. 더욱이 대부분의 사람은 사장님 같은 상황에 처하면 안면몰수하고 야반도주하는 데 이렇게 말씀해 주시니 오히려 제가 고맙습니다."

"어차피 저는 다시 사업을 시작할 것입니다. 저와 거래한 모든 업체에게 단 한 푼이라도 피해 안 끼칠 것입니다. 그리고 저도 생각이 있으니 제 걱정은 하지 마십시오."

그는 내가 아무리 이야기해도 자신의 행동을 조금도 굽히지 않고 힘든 내색 없이 꿋꿋하게 모든 거래처에게 조금도 피해가 안 가게 조치했습니다.

자신의 사업이 비전 있다고 생각해 동생에게 새롭게 구입한 기계들의 관리를 맡겼습니다. 시간이 흐르자 기술자가 되었습니다. 현대 사장이 이런 상황에 처하자, 퇴직금과 사장의 생활비를 줄 테니 신형기계를 자신의 명의로 해달라고 이야기했습니다. 새로운 기계니, 자신은 작동 방법을 모르지만 그것을 작동할 줄 아는 동생이기에 흔쾌히 승낙했습니다.

회사가 정리되자 동생은 현대와 손절하기에 급급했습니다. 처음 몇 번은 약속한 금액을 입금했으나 점차 이런저런 이유를 들어 약속된 금액을 지불하지 않았습니다. 동생과 이야기해 보았는데 자신도 적자에 허덕여 약속된 돈을 줄 수 없다는 빈 메아리만 돌아올 뿐입니다. 어머님과 4남 1녀의 3남 위치에서 결혼한 동생에게 자신의 이야기를 펼치기도 힘들었습니다. 연로한 어머님이 바라는 것은 오로지 가족의 화합이기에 순간 솟구치는 화기를 다독이는 것 이외에는 할 수 있는 것이 하나도 없었습니다.

아내의 당연한 이야기가 비수가 되어 가슴에 꽂힙니다. 온갖 시름 속에서도 아내와 아이들의 모습을 보면 그는 잠시라도 멈출 수가 없었습니다. 자신의 모습을 걱정 어린 마음으로 조용히 지켜보는 가족은 그에게 용기이자 힘이 되었습니다.

부끄럽지 않은 가장이 되고자 문을 닫은 지 2년 만에 다시금 천안에서 개업을 했습니다.

작은집에서 큰집으로 이사를 가면 모든 것이 열정과 희망으로 가득합니다. 큰집에서 작은집으로 이사를 가면 답답함과 우울함을 느낍니다. 예전보다는 직원들도 적고, 매출 또한 비교가 안 됩니다. 예전에 안 만지던 기계를 지금은 직접 만집니다. 자신을 믿어 주는 가족이 있기에 오늘도 최선의 시간을 갖습니다. 자투리 시간에는 공장 주변의 빈 토지에 각종 채소를 심어 텃밭을 가꿉니다.

오랜만에 내 모습을 반가이 맞아 줍니다. 그늘 없는 얼굴로 자신이 지은 농작물의 작황을 이야기합니다. 종류별로 심은 호박이 덩굴을 뻗어 공장 담벼락을 타고 힘차게 자라고 있습니다. 오이, 토마토, 고추….

"작물들이 자라는 것을 보면 너무 신기해요. 그리고 그 모습에 시름도 잊고 평온함도 느껴요."

예전에 매출이 많았을 때도 볼 수 없었던 여유로움과 한가로움이 그의 얼굴에 묻어납니다. 그의 얼굴은 어느 때보다 평화롭고 행복해 보입니다. 난 그의 행복한 모습을 훔치려 최소한 1년에 두 번 이상 그분에게 소식을 전합니다.

다가오는 명절에도 그분을 만나러 천안으로 갈 것입니다.

이름이 부끄럽지 않게

제가 사는 동네 사람들은 대부분 배 농사를 짓습니다. 동네 분들과 교류하다 보니 재배하는 배에 파지라는 것이 있다는 사실을 알게 되었습니다. 못생긴 배, 따다가 껍질에 스크래치나 파손이 된 것, 그리고 표면에 검버섯이 있는 놈, 조금 도려내면 먹을 만하지만 외관에 약간의 결함이 있어도 파지로 분류됩니다. 이런 배들은 한 박스 가득 담아 3만 원 정도에 팝니다. 그런 것을 모아 배즙으로 판매하기도 합니다. 난 상품성이 떨어지는 것으로 배즙을 만들어 파는 것이 전혀 이상하지 않았습니다.

그러다가 우연찮게 배 농사를 짓는 우 사장을 알게 되었습니다. 당신의 과수원에 놀러 오라고 하기에 집 주변에서 본 그저 흔한 과수원일 것이라 생각하며 방문했습니다.

"황 사장, 이거 먹어 봐."

그는 나를 보자마자 대뜸 가장 상품성이 있어 보이는 배를 잘라 내 입에 넣어 줍니다. 내가 만났던 과수원 주인들은 나와 안면이 있는 처지여서 편한 마음으로 맛은 좋으나 상품성이 결여 된 배를 잘라 주었기에 오히려 그분의 행동은 부담스럽기조차 했습니다.

"아니, 됐습니다."

사래질하는 내 입에 반강제로 넣습니다.

"형님, 이렇게 좋은 배를 파셔야지 저 같은 놈한테 주면 어떻게 합니까?"

우 사장은 내 말에 아랑곳하지 않고 큼직큼직하게 배를 잘라 쟁반 위에 놓습니다.

"황 사장한테 이거 안 준다고 부자 되는 거 아니잖아. 쓸데없는 소리 하지 말고 먹기나 해. 얼마나 맛이 있는데."

전문적인 과수의 지식은 없지만 나 또한 어린 시절 배나무를 심어보았고 동내 주변에서 배를 맛보았기에 배 맛이 배 맛이지 하는 식상한 마음이었는데 우 사장이 건네준 배는 '좋은 배는 시원하고 달다'는 편견이 사라지게 하는 것이었습니다. 입 안 가득 배 특유의 시원함과 달콤함이 감돌면서 감칠맛 나는 뭔가 모르게 배에 손을 가게 하는 짙은 식감이 있었습니다.

"형님, 저희 동네에서 맛본 그 맛이 아닌데요. 전 저희 동네 배가 제일 맛있다고 생각했는데 이게 더 맛있는데요."

134

동네 과수원의 배는 정말 달고 맛있는 배라고 생각했기에 지인들이 부탁해 그 배를 사주어도 '맛있다'라는 이야기를 들어왔습니다.

어떤 배는 외관만 배지 일반 가을무보다 못한 배를 접한 경험도 있었던 터라 내가 살고 있는 곳의 배를 추천하더라도 '맛있다'는 이야기는 들었어도 '맛없다'는 이야기는 한 번도 들은 적이 없습니다. 하지만 우 사장이 건넨 배는 당도도 당도이지만 입맛을 현혹하는 감미로움이 있었습니다.

그는 내 말이 끝나자마자 자신이 가꾸는 과수원으로 나를 데리고 갔습니다.

"자, 배나무의 간격을 봐. 중간에 있던 배나무를 전부 베어 버려 최소 5미터 이상 뚝뚝 떨어져 있지. 조금 더 벌려야 하는데 어쩔 수 없어서 그냥 놓아두었지만, 이 정도는 되어야 바람이 막히지 않고 잘 통할 수 있는 거야, 그리고 중간에 잡초들은 저기 보이는 차량용 예초기로 자르지. 그렇지 않고 제초제를 살포하고 나무 간격을 좁혀 키우면 배가 제대로 크겠냐고. 농약을 안 칠 수는 없어. 하지만 그냥 고압 호스를 끌고 다니면서 사람이 농약을 치는 것과 차를 타고 다니면서 농약을 뿜어 대는 것하고는 과수의 상태가 달라. 사람이 골병드는 것은 물론이고 수확량과 품질면에서도 많은 차이가 있지. 더욱이 밭에는 제초제를 쓰면 절대안 돼. 제초제라는 것은 월남전에서 썼던 고엽제라는 것이야. 물론 지금은 옛날과는 많이 발전해서 그 정도는 아니지만 잡초가 죽을 정도면 얼마나 독하겠어. 제초제를 뿌린 곳은 몇 십 년이 흘러도 그 성분이 안 없어진다고. 그런 것을 과수원에 어떻게 살포하냐고. 절대 안 돼."

"우리 동네 밭들은 전부 제초제로 잡초를 제거하는데요."

"몰라. 난 한 번도 제초제를 사용하지 않아서."

우 사장 이야기를 듣고 과수원을 비교해 보니 우리 동네 과수원들과 우 사장 과수원의 과수들은 과수와 과수의 간격이 현격한 차이가 있었습니다. 더욱이 우리 동네 밭은 농사용 차량이 통과할 공간도 없었고, 농사를 짓는 분들이 70대 이상이어서 제초제를 살포하지 않으면 잡초를 제거하기가 보통 힘에 부치는 게 아닙니다.

"과수는 말이야 남향에다가 평지보다는 최소 30도 이상 경사가 있는 곳의 땅에서 심은 것이 당도가 좋고 품질도 좋아지는 거야. 평지에서 자란 것들은 뿌리가 잘 뻗고 잎이 무성해서 보기에는 좋은 과수처럼 보이지만 배수 및 여러 취약점을 내포하고 있지, 경사도가 있는 곳에서 자란 과수는 기본적으로 배수가 좋고 자생력을 키우기 때문에 내성도 강하고 춥거나 더워도 그것들을 버텨 내는 기력도 훌륭하지. 좋은 과수는 품종도 중요하지만, 기본적인 생육 조건을 만들어 주는 것이 제일 중요하지. 최소한 나무와 나무 사이에 통풍이 잘되게 바람길을 만들어 주어야 하는데 사람들은 예전에 과수 하는 대로 변함없이 과수를 하니 그게 어떻게 과수를 한다고 말할 수 있겠어. 욕심만 많아 과수와 과수의 가지들이 쌈박질이나 하고 있으니, 햇볕도 햇볕이려니와 통풍도 안 되지. 지금은 예전과는 많이 달라. 과수를 하더라도 지속적으로 공부를 해야 하지, 공부를 안 하면 과수든 농사든 할 수가 없어. 그리고 농약을 안 칠 수는 없지만, 사람들이 먹는 것이니 농약 살포를 최소화해야 해. 이래 봬도 내가 지은 배는 외국으로 수출도 하는 배야. 출고할 때마다 잔류 농약 검사하고 조금이라도 기준치를 넘으면 납품할 수가 없지. 하지만 사람들은 농약 살포에만 지극 정성이야. 건강한 사람들이 약을 안 먹어도 건강하듯이 건강한 과수는 농약을 최소화해도 좋은 과일을 만들어 주네. 그런 조건을 만들어 주면서 좋은 과일을 만들어 내지. 모든 것을 농약으로 처방하려면 결코 좋은 먹을거리로서의 과일을 만들어 낼 수가 없지."

이제 농사에 대해 간신히 눈을 뜬 나는 그의 말에 감탄할 수밖에 없었습니다.

"형님, 정말 대단하십니다. 확실히 저희 동네에서 배 농사를 짓는 분들의 배 맛과 형님 배는 틀린 것 같습니다. 그런데 저희 동네에서 농사를 짓는 분들은 대부분 70대 이상이어서 이제 와서 형님같이 농사를 짓기에는 많은 무리가 있을 것 같습니다."

"그러면 배를 외국으로 수출한다는 것은 꿈도 꿀 수 없지. 그냥 길거리에다가 놓고 파는 수밖에 없어."

"형님, 정말 고맙습니다. 형님 말을 들으니, 처음으로 농사에 대해 눈이 뜨이는 것 같습니다. 그런데 형님, 혹시 형님도 파지 파세요?"

"있지. 왜, 줄까?"

"네, 있으면 두 박스만 주세요."

판매장으로 내려가니 따 온 배를 선물용 박스에 포장하느라 형수의 손놀림이 분주합니다.

"안녕하세요. 형수님."

눈인사를 건네며 매장을 들어서려는데 매장 뒤편에 상품성 없어 보이는 배들이 수북하게 쌓여 있었습니다. 호기심 가득한 나는 그곳으로 발을 옮겼습니다. 그냥 판매해도 별반 이상이 없는 배들도 눈에 많이 띄었습니다.

우 사장이 말했습니다.

"자, 이리 와. 이것이나 가져가. 그리고 안으로 가서 배나 먹고 가."

파지라고 판매하는 것들은 대부분 모양만 못생긴 것들이었고 외관이 손상된 것은 거의 없었습니다.

"아니 형님, 이게 파지에요. 외관만 그렇지 배 상태는 이상이 없는데요. 그냥 박스에 담아 파셔도 큰 문제는 없을 것 같습니다."

퉁명스럽게 답합니다.

"황 사장, 제발 말 같지 않은 말 하지 마. 외관이 이렇게 못생겼는데 어떻게 파냐? 같은 값이면 동그랗고 예쁜 것을 사겠냐? 이렇게 못생긴 것을 사겠냐?"

"맛은 똑같잖아요."

"똑같으면 뭐 해. 저런 것을 누가 선물용으로 사 가냐고. 쓸데없는 소리 하지 말고 이 배나 먹어 봐."

선물용 박스 배는 보통 6~9개가 나오지만, 파지의 배는 35~40개가 나옵니다. 배의 맛과 크기는 판매용 박스의 배나 파지나 동일합니다.

"이런 것이 파지면 누가 비싼 돈을 주고 박스에 포장된 배를 사겠어요."

깎아 놓은 배를 먹으면서 우 사장에게 다시 말했습니다.

"그런데 형님. 매장 뒤편에 있는 배들은 뭡니까?"

대수롭지 않게 답합니다.

"버리는 거."

"아니 저것들을 버린다고요."

동네에서 배즙을 만들 요량으로 마련된 것들과 견주어도 손색이 없는 상태의 것들이었습니다. 내 눈에 익숙한 파지로서의 자격이 있는 것들로 가득했습니다.

우 사장이 버린다는 배들을 모은 곳을 가리키며 이야기했습니다.

"형님, 이런 것들로 배즙을 안 만들면 어떤 것으로 배즙을 만듭니까?"

나한테 판매하는 배들을 가리키며 말했습니다.

"황 사장한테 주는 거."

"저희 동네에서는 형님이 버리는 것들로 배즙을 만들고 파지는 파는데요."

그는 버럭 소리를 지릅니다.

"말도 안 되는 소리 좀 하지 말아요."

내가 사는 동네의 과수원의 풍경이 익숙한 탓으로 이렇게 버린다는 것이 너무 아까웠습니다.

"형님, 외관이 이렇게 좁쌀만큼 이상한 것은 칼로 도려내서 먹어도 아무 이상이 없잖아요. 이거 제가 가져가도 돼요? 아는 사람들 가져다주면 모두 고마워할 겁니다."

"두 박스가 모자라면 내가 그냥 한 박스 더 줄게."

"아니 그냥 버리기엔 너무 아까워서 그러는 겁니다."

"지금은 별반 괜찮아 보이는 것들도 저기 있는 것들은 금방 상태가 망가져서 상품성이 없어. 그리고 그런 것들로 배즙을 만들면 배즙이 탁해져서 안 돼. 다른 사람들은 그 상태를 감추기 위해 설탕을 넣기도 하도 감미료까지 넣는다고도 하지만 그러면 그게 설탕물이나 감미료 물이지 배즙이 아니잖아."

"그래도 형님, 돈이 문제가 아니라 너무 아깝잖아요."

"황 사장, 이 박스를 봐. '우동현'이라는 이름 석 자가 적혀 있는데 버리면 버렸지 내 이름 석 자에 똥칠은 할 수 없잖아. 나를 믿고 매년 찾아오시는 분들한테 부끄러운 짓은 하지 말아야지."

그의 말에 내가 알았던 과수원의 이미지가 와르르 무너졌습니다. 내가 막연하게 인식해 왔던 농사의 인식이 얼마나 천박했는지를 깨닫는 순간이었습니다.

"농사, 정말 힘들어. 농사는 하늘이 짓는 거야. 아무리 열심히 하면 뭐해. 하늘이 안 도와주면 말짱 도루묵이야. 특히 이런 과수는 추석과 설날이 대목인데 어느 해인가 추석이 양력으로 9월 초순이었을 때가 있었지. 배가 제맛을 내지도 못하는데 추석이야. 매년 구매하던 분들이 배를 달라고 야단인데 줄 배가 있어야지?"

"남들은 팔잖아요?"

"몰라. 그래서 내가 돈을 못 버는지 모르지만 그 해는 대목 때 배를 하나도 못 팔았지. 최소한 보름 이상 지나야 제맛을 내는데 익지도 않은 배를 어떻게 팔아. 남들은 주사기로 성장 호르몬제를 놓아서 배의 외관을 키우고 당도 주사로 배의 당도를 키우지. 그런 배들은 크기도 크고 외관도 번지르르하지. 하지만 시간과 햇볕으로 키운 배들과는 맛과 질을 비교할 수 없어. 외관만 번지르하고 맛도 떨어지고 보관성도 형편없지만 내가 키운 배보다 훨씬 더 좋은 가격으로 판매가 되네. 배를 판매할 때 제값을 받는 일 순위는 외관이야. 맛은 그 뒷전이고. 소비자들은 우선 외관을 보고 선택하기에 돈을 버는 과수원들은 맛보다는 외관에 전념하는 것이야. 하지만 나와 거래하셨던 분들은 지속적으로 나를 찾아오니 그것만으로 만족하네. 내가 조금 덜 벌면 어떤가? 그동안 쌓아 온 신뢰만큼 큰 재산이 있을 수 있을까? 그러니 내가 농사를 짓는 그 순간까지는 '우동현'이라는 이름 석 자한테 부끄럽지 말아야지."

나도 모르게 그 분에게 머리를 조아릴 수밖에 없었습니다.

"형님, 진심으로 존경합니다."

그는 손사래를 치며 얼굴을 붉힙니다.

"쓸데없는 소리하지 마세요. 난 가방끈도 짧고 배 농사만 짓고 사는데 존경은 무슨…."

농사라는 것을 접하면서 농약이라는 것을 안 줄 수가 없다는 것을 실감합니다. 나는 친족과 지인들에게 제공할 작물이기에 농약 살포를 최소화하지만, 막상 생업으로 농사를 한다면 그들보다 더하면 더했지 농약을 덜 치지는 않을 것입니다.

일주일이 지나면 수확을 할 수 있다고 판단되는데 갑자기 작물이 병들어 버리면 농약을 치지 않은 작물의 작황은 예상한 것의 절반에도 못 미치는 경우가 많을뿐더러 그해 농사를 아예 망치는 것이 다반사입니다. 그 즉시 예방약을 처방해 피해를 최소화할 수 있습니다. 생계가 달려있기에 작물에 농약을 안 칠 수 없습니다.

농사를 주업으로 하는 지인들은 자기가 심고 가꾼 작물에 대해 자부심보다는 농산물의 현실을 이야기합니다. 고추 농사를 짓는 사람은 고추가 농약 덩어리라 말합니다. 수박 농사를 짓는 사람은 수박은 농약 덩어리니 먹지 말라고 합니다. 심지어 출고 전날까지 농약을 주니 자기 것은 먹지 말고 다른 이의 것을 먹어라 권합니다.

하지만 형님은 최소한 배를 따기 보름 전부터는 농약을 살포하지 않습니다. 출하량이 줄어들더라도, 심지어 '올 농사 망쳤다'라는 상태가 되어도 형님은 꿋꿋하게 자신의 길을 걷습니다. 자연재해로 인해, 병충해로 한 해 농사를 망친 이야기를 하면서도 당신은 '우동현'이라는 이름 석 자를 지키는 것에 만족해합니다.

살다 보니 많은 사람과 교분을 만들어 나갑니다. 적지 않은 만남의 광장에서 그분한테는 진심으로 존경이라는 단어가 스스럼없이 나옵니다. 내 형제 말고는 유일하게 스스럼없이 형님이라는 말이 나옵니다.

형님은 다른 사람들과의 대화 속에서도 땀땀이 '나는 가방끈이 짧다'라고 표현합니다. 하지만 내가 살아온 경험 속에서 자신의 일에 형님처럼 정직한 사람을 만난 적이 없습니다. 아무리 많

이 배웠다고 거드름 피우는 사람들에게서도 형님처럼 말과 행동
이 일치하는 이를 만나 본 적이 없습니다. 매사 자신의 이름을 욕
되게 하지 않겠노라는 자부심이 일상의 생활 속에 녹아있는 그분
같은 모습은 들어 본 적도 없습니다.

　지금이나마 그런 분을 곁에 두고 형님이라 부를 수 있는 것은
나에게는 커다란 행운이요, 행복입니다.

예쁜 조카님

출근 시간이 10분 늦었는데 웃으며 인사하는 성일이에게 말합니다.

"출근 시간은 지켜야지."

그는 서울에서 부천 공장으로 출퇴근합니다.

"집에서 출근 시간 맞춰 나왔는데 버스가 늦게 와서요."

"다른 직원들은 어떻게 지각을 안 하냐? 먼 곳에서 출근하는 것은 네 사정이지 회사 사정이 아니잖아. 회사가 보는 것은 직원이 출근 시간에 출근했는지 안 했는지만 본다. 세상은 결과만 보고 평가하는 거다. 과정을 보는 것은 사치지."

자기 딴에는 시간을 맞추려고 노력했는데 전혀 고려해 주지 않아 아주 섭섭하다고 느끼는 것 같습니다.

영업이라는 것을 맡겨 보았습니다. 몇 개월이 지났지만, 소득이 없습니다. 그는 답답했는지 나에게 조심스레 묻습니다.

"영업은 어떻게 하는 겁니까? 그리고 사람을 처음 만나면 어떻게 말해야 하는지요?"

"영업은 배가 고파야 한단다. 절실해야 하지. 모든 일이 배고픔과 절실함이 가득하면 자신이 이루고자 하는 것은 반드시 이루어질 수밖에 없단다. 방문한 업체와 거래를 성사시키지 못하면 내가 굶어 죽을 수밖에 없다고 생각해 봐. 그러면 그 업체와 거래를 성사시키는 일은 그리 어렵지 않아."

"말씀은 맞는 것 같은데 그 과정이…."

"영업자마다 일하는 스타일이 달라. 각자의 색깔이 다르기에 자기 자신이 정답을 가지고 일을 처리해야 하지. 내 이야기는 조언은 돼도 정답이 되진 않는다. 네가 하도 답답해하니 내 스타일을 말해 주마."

헛기침을 하며 이어 나갑니다.

"나는 거래를 틀 사람에게 명함을 주고 난 후에는 절대로 일에 관해서는 이야기하지 않는단다. 대부분 명함을 받은 이들은 시간 낭비라는 기분으로 형식적으로 명함을 받을 뿐이지. 상대방이 자리를 뜨자마자 쓰레기통으로 버리거나 심지어는 받지도 않지. 거래처에 문제점이 발생했다면 모를까 여태까지 큰 문제 없이 거래해 온 기존의 업체를 바꾸는 이유가 전혀 없기 때문이지. 이미 명함을 건넨 상태라면 상대방은 내가 왜 자신을 방문했는지 알고 있는데 왜 그 사람을 피곤하게 만드냐? 중소기업이 출근하면 생산 현장은 80%, 팀장급 이하 사무직원은 하루 4시간, 부장급은 2시간, 사장은 1시간 정도 자신의 업무에 몰입한다면 그 회사는 상당히 업무 성과가 높은 회사란다. 간부나 사장들의 빈 시간을 내가 어떻게 속된 표현으로 '잘 놀아 주느냐'가 영업 목적을 이루는데 관건이더라. 상대방과 놀아준다는 것이 말은 쉬우나 상대방의 호감을 끌어내 대화의 문을 열게 만드는 것은 쉬운 일이 아니지. 내가 내 아이들에게 독서를 강조하는 것은 어릴 때부터 읽었던 책들이 대화에 많은 도움이 되기 때문이지. 그리고 그들과 대화를 시작하기 전에 반드시 어떤 상황이라도 상대방의 얼굴에 미소를 그려 놓아야 하는 게 기본이란다. 만나서 웃으면서 자신의 이야기를 털어놓는 사이가 되면 상대방은 내 물건에 대해 '금액은 얼마나 합니까? 품질은 이상이 없겠지요?'라고 묻게 되더라. 그리고 그의 말투는 친밀감과 배려심으로 가득하단다. 첫날 성사가 안 되어도 상관은 없어. 편안하게 지인을 만나러 간다는 기분으로 관계를 지속시킨다면 보통 세 번 정도면 거래가 이루어지지. 영업은 먼저 자기 상품에 관해 이야기하는 순간 거래가 거의 이루어지지 않아. 그리고 어떤 상황이어도 자존감은 지켜야 해. 내가 배고픈 모습이나 약한 모습은 절대 보이면 안 된단다. 내가 을이지만 갑의 마음으로 거래하면 어떤 결과가 초래하더라도 내 자신은 상처를 받지 않아."

그는 내 말에 큰 공감을 하는 듯했습니다.

직원이 살고 있는 집 보증금이 모자라니 1천만 원만 융통해 줄 수 있냐고 하기에 흔쾌히 가불을 해주었습니다. 그 모습을 보고 조카도 가불을 부탁했습니다. 난 한 치의 고려도 없이 '안돼'라고 말했습니다. 조카는 남도 해주는데 피붙이인 자신의 부탁은 반드시 들어줄 거로 생각했나 봅니다. 단숨에 자르는 내 처사에 충격을 받은 모양입니다.

"퇴직금을 당겨 줄 수도 있는 거잖아요?"

"안돼."

"남도 해 주는데 전 조카잖아요."

정색을 하며 말합니다.

"조카니까 절대로 해 줄 수 없는 거다."

단호한 내 말에 얼굴에 실망감이 가득합니다.

"진짜 돈이 필요해서입니다."

그는 살아온 이력에 비해 사채가 많습니다. 딱히 빚을 질 이유가 없는데도 소심한 심성 탓으로 자신 명의로 빚을 떠안은 것입니다. 자신의 말에 책임을 지는 모습은 대견스럽지만, 자신의 여력을 무시하고 책임을 지는 모습은 답답하기만 합니다. 그는 회사가 끝나면 빚을 갚기 위해 다른 데서 부업을 합니다. 자기 딴에는 열심히 산다고 생각하겠지만 맺고 끊는 것이 희미한 그는 빚의 수렁 속에서 헤어 나오지 못합니다. 그는 변제 방법도 상의하고 충실히 생활하는 것 같지만 시간이 지나면 또 다른 빚 문제로 속앓이합니다. 빚의 근본 원인은 워낙 착한 심성에다가 맺고 끊는 것이 없는 성격이 주원인입니다. 만약 그 돈을 해 주어도 임시방편일 뿐 오래되지 않아 그는 또 다른 돈 문제로 자신을 힘들게 할 것입니다.

"저 그러면 회사를 그만두겠습니다."

"그래, 회사를 정리하는 것으로 하자."

난 퇴사하는 그에게 이야기합니다.

"세상은 혼자 사는 거다. 네가 힘들고 지칠 때 너를 지켜 주는 사람은 오로지 너뿐임을 명심해라. 다른 사람보다 너 자신에게 부끄럽지 않게 살았으면 좋겠다."

조카가 결혼을 했습니다. 다행이라는 생각과 고맙다는 생각으로 그를 축하해 주었습니다. 결혼 후 추석과 설날이 되면 조카에게서 선물이 옵니다. 한 번도 조카들에게서 선물을 받아 본 적이 없기에 조카에게 전화를 합니다.

"너 미쳤냐? 아니면 죽을 때가 돼서 그러냐. 왜 안 하던 짓을 해."

"고마워서 그래요. 함께 생활할 때는 몰랐는데 삼촌 회사를 나와 생활하면서 삼촌 이야기들을 곱씹으니, 모든 일이 술술 풀리

더군요. 지금은 회사에서도 그렇고 주변에서도 저를 인정해 줍니다.”

“정말 고마운 일이다. 내 새끼들도 나를 꼰대라고 치부하는데 내 말을 새겨 처신해 주니 내가 오히려 고맙다.”

“삼촌, 아니에요. 삼촌 애들이 얼마나 올곧은 아이들인데요. 저보다 나이는 어리지만, 사촌들 중에 자기 앞가림하는 애들은 삼촌 아이들이 제일 나아요.”

“앞으로는 나한테 선물 보내지 마라. 네가 나에게 해 줄 수 있는 가장 큰 선물은 네가 잘사는 거다. 네 마음 잘 아니까 앞으로는 절대로 선물 보내지 마라.”

“삼촌, 저도 이제 그 정도 여력도 되지만, 삼촌한테 선물을 보내면 마음이 편해요. 제가 마음 편하자고 하는 행동이니 선물 보내는 것에 대해서는 더 이상 말씀하지 마세요.”

그와 전화를 끊으면서 외사촌 형님들이 생각났습니다. 나도 일년에 두 번, 설날과 추석 때 외사촌 형님들에게 집사람과 함께 인사를 갑니다. 나와 형님들은 나이 차이가 있어 추억은 별로 없습니다. 하지만 외갓집에서는 외할머니의 사랑이 있었습니다. 이제는 외할머니의 얼굴조차 희미합니다. 하지만 외사촌 형님들에게 인사를 하고 돌아서는 발걸음은 새털같이 가볍습니다. 조카의 마음을 이해할 수 있기에 더 이상 그의 행동을 어쩌지는 못합니다.

피서철이 시작될 무렵 조카에게서 전화가 왔습니다.

"삼촌, 부탁이 있습니다."

"무슨 부탁. 내가 해 줄 수 있는 것은 해 줄게."

"제 집사람과 이야기 했더니 꼭 삼촌 내외를 모시고 싶다고 해서 보령 근처에 펜션을 예약해 놓았습니다. 먹을 것과 마실 것은 제가 다 준비해 놓을 테니 외숙모랑 몸만 와주세요."

누님 내외와 우리 부부는 조카가 마련해 놓은 펜션으로 갔습니다. 일행이 먹기에는 너무 많은 양의 술과 음식이 준비되어 있었습니다.

"삼촌, 저랑 같이 회를 가지러 가실래요?"

"그러자. 횟값은 내가 내 마."

"제가 아는 사람인데 어시장에서 횟감을 팔아요. 신세 진 것이 많다고 꼭 와서 먹고 싶은 것 가지고 가달라고 몇 번이나 성화를 했던 터라 삼촌도 오셨으니 겸사겸사해서 들르는 거예요."

"그 사람 맛이 갔냐? 왜 너한테 회를 못 줘서 난리냐?"

"삼촌이 말씀하신 대로 행동하니까 사람들이 저를 좋게 평가하던데요. 남들보다 조금 일찍 출근해 청소하고 업무 준비를 했더니 눈빛이 달라지더라고요. 배에 힘을 주고 항시 웃으면서 상대방에게 좋은 기분을 만들어 주려고 노력하니 거래하시는 분들이 많이 늘더라고요. 그 결과물들이 제 생활하는 데에도 많은 도움이 되고요."

"고맙다. 나한테 섭섭한 감정을 가질 만도 한데 그것을 약으로 알고 처신을 해줘서 내가 정말 고맙다."

어시장의 가게 주인이 조카를 보자 반가운 얼굴로 인사를 합니다. 조카가 나를 소개하자 그는 나를 보고 고마운 사람을 만났을 때의 친밀감으로 인사를 합니다.

"제가 이 사장님이 너무 고마운데 대접할 게 없어서 좋은 횟감 좀 가져가라고 몇 번이나 연락했으나 이제 겨우 오셨으니 너무 고맙습니다."

"아! 네."

그는 아무리 만류해도 우리 일행이 먹기에 너무 많은 양의 싱싱한 회를 썰어 주었습니다. 이 정도의 양을 무상으로 주려면 웬만한 인간관계에서는 쉬운 일이 아니기에 장가를 간 이후 그가 꽤 괜찮은 삶을 살고 있다는 생각이 들었습니다. 그런 모습은 조카에게 가졌던 불안감을 일순간 지우기에 충분했습니다.

조카며느리가 이야기했습니다.

"삼촌, 제 남편은 어땠어요?"

한 번 조카를 쓸어보며 말합니다.

"얘! 버리는 카드였어."

그녀는 킥! 하는 웃음을 터뜨립니다.

"도저히 사용할 수 없는 버려야만 하는 카드였지. 사용해야 할지를 고민하는 카드가 아니라 받는 즉시 미련 없이 버려야 하는 카드였어. 하지만 며느님과 결혼한 후에는 버려야 할지 말지를 고민하게 하는 애매한 카드로 바뀌었어. 과거의 얘 상태를 안다면 엄청나게 진일보한 거지. 이게 다 며느님 덕이야. 난 그런 의미에서 조카 며느님이 정말 고마워."

술을 별로 좋아하지 않지만 오늘만큼은 하도 술이 달아 취하도록 마실 수밖에 없는 날이었습니다.

나눈다는 것

벌초하는 날

집 옆 선산에 아버지, 할아버지 그리고 증조부와 친척들의 묘소가 있습니다.

아버님이 살아계실 동안에는 돈을 주고 내 사촌 형님들에게 묘지 관리를 부탁했습니다. 아버님이 돌아가시고 난 후 사촌 형님들 가족은 당신들 선조의 묘소를 관리하는 데에도 인색합니다. 아니 동네에 살면서 코빼기도 안 비치는 자손들도 있습니다.

잡초가 무엇인지 잔디가 무엇인지 구분도 할 줄 모르는 내가 농사라는 것을 짓기 시작하고는 동네 사람들의 이목이 있어 산소 관리를 하게 되었습니다. 아버님의 산소를 돌보자, 아버님의 바람은 할아버지 산소를 잘 돌보는 것이라 생각이 들었습니다. 할아버지의 산소를 돌보자, 할아버지의 바람은 증조부님의 묘소를 잘 돌보는 것이라 생각되었습니다. 아버님이 애틋한 눈길로 나를 쳐다보는 것 같아 아버님 형제분들의 묘소도 돌봅니다. 생각지도 못한 마음의 안식이 찾아옵니다. 평화로움도 따라옵니다.

시간이 나면 산에 올라 선산으로 갑니다. 무덤에 있는 잡초를 뽑고 예초기로 주변을 정리합니다. 묘지가 있는 모든 마을 사람도 일 년에 두 번 날을 정해 조상 묘를 관리합니다. 묘지가 많은 집안은 잔칫날입니다.

젊은이들은 죽어라 뻘뻘 땀을 흘리면서 벌초를 합니다. 중년배들은 가마솥에 수육을 삶습니다. 집안 어르신들은 그늘에 앉아 한담을 즐기며 막걸리를 마십니다. 아낙들은 광주리에 먹을거리를 이고 산소 쪽으로 갑니다. 조금 컸다고 싶은 사내놈들은 아버지를 도와 벌초를 합니다. 급이 안 되는 사내놈들은 이리 뛰고 저리 뛰며 메뚜기를 잡습니다. 꼬맹이들은 어머니의 꽁무니 쫓기 바쁘거나 삶는 수육 단지 곁을 맴돌며 입맛을 다십니다. 어렸지만 그런 모습이 너무나도 부러웠습니다.

서울에서 태어나고 자랐기에 우리 형제들은 낫질을 한 번도 한 적이 없습니다. 그러기에 아버님은 그곳에 사는 사촌 형님들에게 돈을 주며 벌초를 대행했지만, 그분들은 대부분 이런저런 이유를 들며 당일에야 낫을 잡았습니다. 아버님이 윗사람이었기에 별반 꾸짖지 않고 그들의 요구를 받아주는 것으로 결론을 맺었습니다.

벌초가 끝나면 그곳에 사는 사촌형 집에서 점심을 먹었습니다.

식사가 끝나면 사촌형은 아버님에게 식사비용과 벌초비용을 받았습니다. 사촌형 내외는 항시 셈이 박하다며 불만스러운 표정을 지었습니다. 지나간 이야기지만 어쨌든 그 순간순간들이 그리울 때가 있습니다. 물론 서투른 낫질로 땀을 흘렸던 그 순간은 고역이었지만 추억으로 포장되어 있기에 떠올릴 때마다 기분이 묘해집니다.

벌초 날이 되면 조카들은 이런저런 사연으로 못 오기도 하고, 왔다가 일이 있어 얼굴만 비추고는 사라지기도 합니다. 조카들이 결혼해 아내와 자식들이 생기니 참석 횟수가 점점 줄어듭니다. 군대에 간 손주부터 이제 걸음마를 시작하는 손녀까지 집안 식구는 점점 많아집니다.

나는 집안의 윗사람으로서 조카들과 내 아이들 그리고 손주, 손녀에게 아버님이 나에게 만들어 준 것보다 좀 더 아름다운 추억을 만들어 주어야겠다는 생각이 들었습니다. 벌초 날 모이는 모든 사람에게 전화를 합니다. 당일에 특별한 일이 없으면 가족 모두 모이라고 합니다.

벌초 날이 오기 전에 산소들의 풀을 모두 깎아 둡니다. 나의 친족들이 오면 '정말 관리를 잘하셨습니다'라는 마음을 갖게끔 깔끔하게 정리를 합니다.

도착하는 며느님들에게 커피를 건넵니다. 형님들이나 조카 놈들은 셀프입니다. 아이들이 간식 삼아 먹을거리를 담은 바구니를 갖다 놓습니다. 도착하는 일행을 기다리며 한담을 나눕니다. 약속한 일행이 전부 모이면 남자들은 순차적으로 묘소에 예를 올립니다.

내가 미리 벌초를 해놓기 전에는 오는 사람들은 벌초 작업하느라 여유가 없어 보였습니다. 오전만 하는 작업이라 태반이 벌초 작업을 다하지도 못하고 뿔뿔이 헤어지기 바빴습니다. 그런데 지금은 '작업을 미리 해놓을 테니 가족과 꼭 참석하라'는 내 말을 무시하는 게 쉽지는 않을 것입니다. 할아버지의 자손들이 한자리에 모여 얼굴을 익히자는 내 취지를 알고 있으니까요.

사위는 고기를 굽고 다른 사람들은 조개를 굽습니다. 손자, 손녀의 맑은 웃음소리를 대하는 조카들의 얼굴에도 오랜만에 미소가 가득합니다. 오랜만에 만나는 사촌들도, 그리고 그 가족들도 서로의 안부를 묻고 자신들의 근황을 이야기합니다. 잘 몰랐던 손주와 손녀들은 엄마와 아빠들이 친하게 어울리는 모습을 보며 서로를 다독이며 놀아줍니다. 이들의 화기애애한 모습이 가슴에 쌓입니다.

형제도 결혼하면 만나는 것이 쉽지 않습니다. 더욱이 사촌지간은 이런 날이 아니면 만날 기회가 없습니다. 손자와 손녀는 벌써 오촌, 육촌으로 벌어져 심지어 낯선 얼굴로 대면하는 것이 오늘의 현실입니다.

윗사람은 아랫사람들보다 자신의 역할을 하기가 힘듭니다. 말보다는 행동으로 그들의 동의를 얻어야 합니다. 가족을 위해 헌신하고 친족의 화합을 위해 노력하는 뿌리가 되어야 그 나뭇가지들의 열매는 풍성할 것입니다.

나이를 먹어갈수록 달콤한 열매가 되기보다는 견실한 뿌리가 되어야 한다는 생각이 깊어집니다. 보이지 않는 땅속에서 실하고 당도 있는 열매를 맺을 수 있도록 만들어 주는 건강한 뿌리가 되어야 한다는 것입니다.

쑥떡 이야기

세상천지가 봄기운으로 생명을 용트림할 때 나는 스스로에게 다짐이 아닌 맹세를 합니다. 올해는 반드시 쑥떡을 만들지 않겠다고. 주변에 쑥의 싹이 보이면 차라리 자라지 못하게 발로 밟고 지나갑니다. 들판에 쑥이 보이지 않으면 왠지 모를 안식과 평화로움마저 느낍니다.

2년 전까지만 해도 아내와 함께 쑥을 채취했기에 그래도 원만하게 쑥떡을 만들었지만 이후 아내는 쑥을 채취하지 않습니다. 말씀으로는 항시 쑥을 함께 뜯겠다고 하시지만 항상 '내일 할 게'라는 핑계를 대고 막상 쑥을 뜯을 상황이 되면 바람과 같이 사라집니다.

남들은 쑥을 채취할 때 보편적으로 낫으로 쑥대나 가지를 자릅니다. 조금 고급스러운 것이 곁가지들을 잘라서 모은 것으로 쑥떡을 만듭니다. 하지만 우리는 쑥의 연한 순만 모아 쑥떡을 만듭니다. 자동차가 다니는 길가에 있는 것들이나 농약이 살포된 흔적이 있는 곳의 쑥들은 제외되기에 의외로 쑥을 채취할 공간이 주위에는 흔하지 않습니다. 그러다 보니 인적이 없는 경기도 일대와 강원도 산골까지 쑥을 뜯으러 갈 수밖에 없습니다. 쑥이 많다는 곳을 소개받아 '심봤다'라고 외치는 곳도 하루 종일 모아야 2kg을 넘지 않습니다. 동네 주변의 들판을 헤매면 많이 채취해야 1kg을 넘지 못합니다. 동네에서 채취하는 100g, 200g을 모아 최소 30kg 이상은 되어야 쑥떡을 만들러 방앗간으로 향할 수 있습니다.

서울 주변 방앗간은 기계에서 쑥 냄새가 안 빠진다는 이유로 쑥의 비율이 20%를 넘지 못하지만, 충청도 공주에 있는 방앗간은 쑥의 비율을 50% 이상으로 맞추어주기 때문에 우리가 만드는 쑥떡은 보기만 해도 빛깔이 곱고, 쑥 냄새가 짙어 사람들에게 인기가 좋습니다. 수십 년간 방앗간을 운영 중인 공주 방앗간 주인이 우리 쑥떡을 자신이 만들어 놓고도 그 빛깔을 보면서 탄성을 자아냅니다.

"정말 참으로 곱다."

떡을 빚으러 온 할머니들도 우리 집 쑥떡의 색깔을 보고는 감탄하며 부러워합니다. 심지어 어떤 할머니는 기계에서 만들어지는 내 쑥떡을 보고는 한마디 하십니다.

"모시떡이라서 색깔이 이렇게 진하고 고운 것인가?"

난 당당하게 말합니다.

"이거 쑥떡인데요."

방앗간에서 내가 가져온 쑥떡이 나오기 시작하면 사람들은 기계 입구에서 만들어져 나오는 떡의 색감에 탄성을 자아냅니다. 나 또한 내 떡에 대한 자부심이 있기에 거친 쑥으로 쑥의 양을 늘린다거나 아니면 채취할 수 있는 양으로 쑥떡을 할 생각도 해 보았지만 주어야 할 사람이 너무 많기에 차라리 채취를 안 하면 안 했지 양을 줄일 수도 없습니다. 이 정도의 양을 나 혼자 모으려면 최소한 2개월 이상 다른 일도 하지 않으면서 모아야 합니다. 하지만 그동안 내 허리는 고통 속에 시달려야 합니다. 아무리 생각을 해 보아도 도저히 자신이 없습니다.

노환으로 작년 8월부터 어머니가 누워 계십니다. 의사가 '마음의 준비를 하세요'라는 말에 집에 모셔 온 상태인데 누님의 지극한 정성으로 어머니는 봄을 맞이한 것입니다.

노환으로 식사도 정상적으로 할 수 없습니다. 하지만 어머니는 무척이나 나물을 좋아하십니다. 그런 연유인지 내가 만든 쑥떡 또한 진심으로 맛나게 드십니다. 공주 방앗간에 방문할 때마다 주인에게 이야기합니다.

"어머니가 좋아하셔서 하는 것이지 어머니 돌아가시면 이 짓

안 합니다. 정말 너무 힘이 듭니다. 나이를 먹어서인지 작년과 다르고 올해와 다릅니다. 쑥 모으면서 올해가 마지막이다. 올해가 마지막이야. 이러한 소리를 지르면서 모아 온 겁니다."

내가 가져온 쑥의 질이나 양을 보면서 주인은 머리를 끄덕이며 공감해 줍니다. 대지에 냉이가 돋아나고 달래가 입맛을 다시게 하는 시절이면 쑥도 봄의 자태에 일조합니다. '봄이 왔구나!' 하는 감흥에 젖을만하면 주변은 쑥을 채취하는 아주머니들의 손길이 분주합니다. 쑥은 농사를 짓지 않았던 밭에 많습니다. 밭두렁이나 과수원에서 눈에 잘 띄지만, 그런 곳들은 농약(특히 제초제)을 살포했기에 절대 채취하지 않습니다.

어느 날인가 동네 과수원 나무 아래에서 쑥을 채취하시는 분이 있기에 한마디 했습니다.

"아주머니, 여기서 이거 채취하면 안 됩니다. 과수에 농약을 준지 얼마 되지도 않았습니다. 농약 천지이니 채취하면 안 됩니다."

아주머니는 빙그레 웃으시며 손놀림이 빨라집니다.

"괜찮아요. 이것은 시장에 갖다 팔 겁니다."

하기야 과수원을 하며 당당하게 '방사해 키운 닭 팝니다. 유정란 팝니다'라는 간판을 걸고 영업을 하시는 분들을 보면 나도 모르게 기겁을 합니다. 과수 사이로 닭들이 힘차게 뛰어다닙니다. 보기에는 한가하고 건강해 보이지만 과수원 특성상 잦은 농약을 살포할 수밖에 없습니다. 닭에서 얻는 소득보다는 과수가 수익의 근본이기 때문입니다. 봄이 기지개를 켤 때부터 농약이 살포되는 과수원이지만 건강하게 뛰노는 닭들의 모습만을 보면 누구라도 구매의 충동을 느낄 수밖에 없습니다.

병환으로 방에 누워만 계신 어머니가 식사하시는 게 수월치 않다는 이야기를 들으니 또 올해까지만 쑥을 뜯자는 생각이 듭니다. 시골에 사는 친구들에게 물으니, 예전처럼 쑥이 많은 곳이 없다고 합니다. 그래도 친구의 친구를 통해 조금이라도 쑥이 있는 곳을 수소문하면서 쑥을 모아봅니다. 쑥을 뜯어 집으로 가져가면 당일 삶아서 냉동 보관해야 하기에 아내도 나처럼 매일 고역입니다.

"양이 얼마나 됩니까?"

"아직 멀었어. 가져오면 많은 것 같은데 삶아서 물기를 빼면 양이 얼마 되지 않아. 한참 모자라."

봄이 되면 항시 어머니와 장모님에게 쑥떡을 만들어다 드리는 내 모습이 안쓰러웠는지 현준이가 일부러 철원 가는 길목에서 쑥을 채취해 가져다주었습니다. 자신의 업무로 지방을 갔다가 쑥이 많은 곳을 알게 되어 일부러 그곳으로 가서 뜯어 온 것이었습니다. 하지만 가져온 양이 그리 많지 않기에 다음에 더 많은 쑥을 가져오라는 심산으로 한마디합니다.

"야, 장난치냐. 이것 가지고 와서 나한테 쑥 가져다주었다고 평생 생색낼 것 아니냐. 난 그 꼴은 못 본다. 그냥 가져가라."

"미안하다."

"넌 쑥을 더 뜯을 수 있었는데 귀찮아서 대충하고 갖고 온 거 잖아."

"아니야, 난 뜯는다고 뜯은 거다. 나 태어나서 쑥 처음 뜯어 본 거다."

아내가 나에게 핀잔을 줍니다.

"자기 일도 아닌데, 일부로 가서 뜯어 온 사람한테 고맙다고는 못할망정 타박은…. 참 못됐다. 그리고 현준씨는 앞으로 이런 사람과 만나지 마세요."

하기야 현준이는 내 집 근처에 산다는 죄로 나 때문에 마음고생이 심한 친구입니다. 나는 특별한 일이 없으면 동틀 무렵 밭에 나가고 그는 아침 일찍 일을 하러 나갑니다. 혼자 일을 하니 사람도 그립고 심심하기도 해 전화합니다. 내 술수에 거의 낚이는 친구는 없건만 그는 바쁜 일이 없으면 스스로 낚여 줍니다. 배가 고프다고 하면 빵과 우유, 목이 마르다고 하면 음료수와 커피를 가져다주기에 때로는 미안한 감정이 들어 전화하기를 자제하는 유일한 친구입니다.

몇 일전 밭일을 하다가 갈증도 나고 시원한 냉커피를 마시고 싶어 그에게 전화했습니다.

"현준아, 일어났냐?"

그는 잠결에 전화를 받았는지 목소리에 피곤함이 묻어 있었습니다.

"응, 무슨 일 있냐?"

"지금 이곳에 올 수 있냐?"

"왜?"

"땅콩 좀 캐가라고."

"알았어."

"올 때 얼음물하고 시원한 냉커피도 부탁한다."

"응. 알았어."

30분도 안 되어 친구가 밭에 도착했습니다. 난 그가 가져온 냉커피를 마십니다.

"정말 시원하고 좋다."

"땅콩은 어디서 캐냐?"

"무슨 땅콩?"

"땅콩 캐러 오라며."

"응. 저쪽. 그런데 지금 캐려고."

"응. 와이프한테 땅콩 캐 가지고 온다고 이야기하고 나왔어."

"야, 이 바보야! 이제 5월이야. 땅콩을 심는 시기야. 땅콩을 캐려면 적어도 9월 말은 되어야지."

"내가 말한 것은 9월 말에 땅콩 캐러 오라고 한 말이야. 그것을 와이프한테 이야기하는 놈이 어디 있냐? 넌 시골에서 과수원집 자제분이었다고 하는 애가 그것도 모르냐?"

"몰랐어. 정말."

"넌 나를 모르냐? 나는 정상적인 분이 아니잖아. 내가 하는 말은 항시 의구심으로 대해야지 이렇게 쉽게 믿고 행동하면 오히려 내가 당황스러워진다."

"그건 맞아."

"너 때문에 자꾸 네 와이프한테 이상한 사람이 되잖아."

"미안하다."

"조심해."

지인들이 대부분 서울에 살다 보니 자신들은 알지 못하지만, 입소문을 내어 쑥이 많다는 곳을 찾아주지만, 올해는 발걸음에 비해 결과가 좋지 못합니다. 하지만 한번 시작한 일이기에 끝을 보지 않을 수도 없습니다. 4월 초부터 쑥을 채취해 음력으로 단오 이전까지 그 작업을 마쳐야 합니다. 내 딴에는 힘들게 채취한 쑥을 아내에게 가져다주지만, 그분은 한결같이 쌀쌀한 표정으로 짧게 말씀하십니다.

"모자라. 그것도 많이."

방앗간으로 향할 양이 부족해 가슴앓이하며 작업을 그만두어야지 하는 체념이 가득할 때면 기다렸다는 듯이 지인들한테서 전화가 옵니다.

"야, 어디에 가면 쑥이 많다더라. 얼마 전까지 농사를 지었던 땅인데 요즘은 농사를 안 지어서 쑥이 많데."라는 이야기에 방문해 보면 반은 허탕을 칩니다.

때로는 짙은 쑥 향이 진동하며 오동통한 쑥 잎이 자태를 뽐내는 쑥밭을 발견하고 쑥잎을 뜯을 때는 손가락이 쑥이 되고, 코가 쑥이 되고, 내 영혼마저 그 특유한 쑥 향으로 가득 찹니다. 나와 쑥이 혼연일체가 되어 동질감으로 넘쳐흐르는 날을 만나면 쑥 담은 바구니는 이 세상의 모든 것을 다 담은 것 같은 포만감으로 가득합니다.

이제는 쑥잎이 억세져서 더 이상 채취하면 쑥떡의 부드러움이 망가질 무렵이 되어 아내에게 애절한 마음으로 조심스레 이야기합니다.

"부인 이제는 쑥이 억세져서 채취할 수 없습니다. 이제 방앗간으로 가면 안 되나요?"

아내는 무슨 큰 배려라도 해주듯 고개를 끄덕입니다. 마침내 공주 방앗간에 도착했습니다. 봄 농사에 마침표를 찍는 순간입니다. 주인이 저울에 무게를 재면서 난감한 표정을 짓습니다.

"30kg이라더니 40kg이 넘는데요."

쑥떡을 하려면 하루 전에 쑥의 양을 이야기해야 하고 방앗간은 그 양에 맞추어 쌀과 찹쌀을 불려야 하기 때문입니다. 난처해하던 주인은 어쩔 수 없다는 듯

"멀리서 오셨으니 다른 불린 쌀 한 말 더 추가로 하셔야지 별수 없습니다. 그래도 다른 때보다 쑥이 더 들어가서 떡 맛은 더

좋을 겁니다."

안도의 한숨을 내쉬면서도 아내에게 투정 섞인 말을 합니다.

"아니, 적다며…. 오는 내내 30kg 안 된다고 나한테 이리 걱정 저리 걱정하더니 40kg이 넘는다는데…."

아내는 들은 척도 안 합니다.

손자를 보고 나서 아내는 예전보다 '주는 행복'을 더 즐깁니다. 여자치고는 주는 것에 인색하지 않은 분이지만 손자를 보고 나서는 본격적으로 주는 것이 얼마나 행복한지를 터득한 것 같습니다. 예전에는 우리 것을 남겨 놓은 상태에서 남들을 챙겼는데 지금은 우리 것까지 들고 튑니다.

여자란 남자랑 감각이 다릅니다. 어머니를 보아도 집사람이나 누나, 그리고 결혼한 딸내미를 보아도 가족을 꾸려나가는데 한 가지 커다란 공통점이 있습니다. 말과 행동은 어찌하더라도 결과는 항시 '서방을 제일 챙긴다'라는 것입니다. 서방 챙기는 일에 관해서는 누구에게 뒤지지 않던 부인이 '손주라는 남의 집 자제분'을 만난 이후 챙겨야 할 사람 명단에서 나란 존재가 지워지더니 그녀의 수첩 '버려야 할 사람 명단' 속에서 발견되었습니다. 한 마디로 아내의 가슴에서는 나는 '망각의 존재'로 추방된 것입니다.

"부인! 어머니와 장모님 그리고 사돈 분들, 출가한 아이들, 그리고 형님과 누님, 처제, 친구들, 거래처들, 당신은 줄 사람 없어?"

"신세진 친구들, 동대문 언니, 사우나 언니, 사우나 동생…."

우리가 예상한 양보다 실질적으로 양이 많이 늘어났지만 주고 싶은 이들의 양이 그보다 더 많이 늘어납니다.

"서방이 남한테 주려고 하면 그것을 단속하는 것이 아내의 도리건만 요즘 당신은 서방보다 더 못 갖다주어서 난리다 난리. 참으로 우리는 문제가 많아."

아내는 눈치를 보면서 말합니다.

"신세 진 사람들이 많아서 그래. 그 사람들 쑥떡 갖다주면 엄청 좋아하잖아."

"그래 우리가 잘 사는 거다. 우리가 이 세상 그 누구보다도 부자야. 부자."

새벽 다섯 시에 출발한 탓으로 점심때쯤 방앗간을 나섭니다. 떡은 그날 한 것이 제일 맛있기에 딸집에 들르고 어머니와 장모님한테 갖다 드리니 어느새 어둠이 짙게 드리웁니다.

장가간 아들에게 전화로 '처갓집에 갖다 드려라. 떡은 그날 한 것이 제일 맛있단다.' 하니 출가외인 아들이 자기 몫의 떡을 가지고 갑니다.

"야, 너는 한 개도 먹지 말고 내 착한 며느님만 전부 드시라고 말씀 전해라."

마을에 신세 지신 분들에게도 갖다 드립니다.

아내는 동네 사우나에 최소 일주일에 서너 번 출근부 도장을 찍습니다. 아내도 맛있을 때 주겠다고 차에 한 아름 떡을 싣고는 지친 몸으로 사우나에 갑니다.

어머니와 장모님 그리고 출가한 아이들에게 쑥떡을 전해주니 몇 개월의 노고가 깨끗하게 사라집니다. 이 세상 어느 누구보다도 행복한 사람이라는 것에 자부심이 가득한 하루입니다.

지혜로운 삶

중학생이 된 후 추석이나 설날엔 차례를 지내고 친구 부모님에게 인사를 하러 갔습니다. 친구가 집에 없어도 찾아뵈었습니다. 친구 부모님에게 명절용 선물을 들고 인사를 가면 아직 외출하지 않은 친구는 당황합니다. 부모님들은 자신의 아들도 이 정도로 듬직하게 컸다는 생각에 뿌듯해합니다. 평소보다 더 신경을 쓴 다과상을 내오며 정겹게 말씀하십니다.

"내 아들이 너 반만 닮았어도 좋겠구나."

또 다른 어머님은 친구가 곁에 있는데도 말씀하십니다.

"너, 앞으로 준호한테 형이라고 불러라."

이런 나의 행동은 친구들에게 좋은 이미지로 각인되기도 했지만, 불만의 대상이기도 했습니다. 확실한 친구로 여긴 아이들은 내가 하는 말에 적극적인 지지를 보였습니다. 불만의 대상으로 여긴 친구들 또한 내 말과 행동이 마음에 들지는 않았지만 내 앞에서는 아무 말도 하지 않았습니다. 그들이 그나마 나한테 꺼낸 말은 '잘난 체하지 마라' 정도였습니다.

결혼해 아내와 아이들이 생겼습니다. 명절이 오면 가족을 데리고 친구 집을 찾아갑니다. 전에는 좋은 친구를 사귀려면 교우하기 전에 친구가 소중하게 여기는 사람에게 잘해야 한다고 생각했습니다. 지금은 친구 부모님을 아예 내 부모님으로 생각하고 인사를 가는 것입니다. 아버님이 일찍 돌아가셨기에 친구 부모님을 통해 아이들에게 할아버지의 향기를 담아주기 위해섭니다. 친구 부모님은 친손주가 찾아온 것처럼 반가이 맞아주십니다. 나의 아이들 또한 친할머니 친할아버지를 뵌 것처럼 포근한 시간을 누립니다.

요즘은 친한 사이라도 친구 집 방문을 꺼립니다. 아니 친구 집을 방문하지 않는 것이 기본적인 예의라고 생각하기도 합니다. 벗이 보고 싶어도 집이 아닌 장소에서 만나자고 합니다.

우리집은 친구들이 자주 왕래합니다. 나는 혼자 오는 친구는 박대합니다. 심지어 커피 한 잔까지 친구의 손을 빌려 얻어먹습니다. 하지만 친구 부부가 같이 오면 대부분 외식을 합니다. 혼자 방문한 친구가 귀가할 때 손에 무엇인가를 들고 가면 나는 펄쩍 화를 냅니다.

"대우 받으려면 부인이랑 함께 와야지. 부인한테도 버림받아 혼자 나대는 놈한테 내가 잘해줄 수는 없어. 제수씨도 네가 나가서 대우 못 받고 다니는 모습을 알면 얼마나 화가 나시겠냐? 집에 가서 제수씨한테 꼭 전해라. 부인이 없으니, 준호가 구박하고 괄시하더라고."

때론 혼자 방문한 지인들의 손에 선물 보따리를 쥐어 줄 때도 있습니다.

"이건 네 와이프 주는 거다. 전달 잘해라. 중간에 네가 손대면 넌 사형이다. 도착하면 내가 준 품목에 이상 유무를 확인해야 하니 와이프한테 꼭 전화하라고 해라."

그런 선물 꾸러미를 받아 든 친구는 애잔한 눈빛으로 말합니다.

"부인 먹을 때 나도 조금 먹으면 안 되냐?"

"당연하지. 너도 네가 정성껏 농사지은 것을 내가 먹는다고 생각해 봐라. 얼마나 우울해지겠냐."

"네 말이 맞다."

동부인해 온 친구의 아내는 대부분 환한 표정으로 돌아갑니다. 최소한 양손 가득 짐을 실려 보내는 것이 우리집 율법입니다. 차에 한 번 싣고는 다시 실으러 집으로 들어오는 경우도 있습니다.

"마치 친정에 온 것 같아요."

"제가 농사를 짓는 이유는 제수씨 차에 제가 가꾼 농산물을 가득 채워드리기 위함입니다. 이렇게 먼 길 왕림해 주시니 저희 가문에 영광입니다."

그들은 환한 미소를 남기고 사라집니다.

부부의 의미

    기자 생활을 한 탓인지 사람들을 대할 때 남들보다 빨리 상대방의 인성을 파악하는 친구가 있습니다.

    나는 어떤 사람들을 만나더라도 어느 장소에서나 그 상황이 커다란 흠집을 내지 않는 범위라면 농담으로 분위기를 부드럽게 해야 한다는 강박감마저 있기에 때로는 가족이나 지인들마저 당혹하게 만듭니다. 하지만 그는 내가 어떤 농담을 해도 결코 이성을 잃지 않습니다. 오기로 농담의 강도를 높여도 애써 놀란 눈빛을 갈무리하면서 담담히 미소를 지키는 여유로움을 즐길 줄 아는 친구입니다.

    봄에 그가 왔습니다. 밭에 산책 삼아서 찬찬히 걷고 있노라니 냉이며 달래가 빼곡 얼굴을 내밀기 시작했습니다.

    "달래와 냉이 좀 캐가. 시장에서 파는 것하고 향이 달라. 먹어

보면 시장에서 파는 것보다 훨씬 부드럽고 달아."

이런 상황에 익숙하지 않은 처지이지만 시장에서 파는 것들과 맛이 다르다는 이야기에 그것들을 캐기 시작했습니다.

"이것은 뭐냐? 눈에 많이 익은 것 같은데."

"응. 곰보배추. 기관지와 천식에 좋아. 하우스에 있는 것보다 이런 야생에서 겨울을 난 곰보배추가 약효가 좋아."

"어떻게 먹냐?"

"말려서 차로 끓여 먹으면 돼."

"잘됐다. 집사람이 잦은 기침에 시달리는데 끓여줘야겠다."

난 기겁하며 이야기합니다.

"야, 누가 고생스럽게 캐다가 조강지처에게 끓여 주냐? 그냥 마트에서 사다 주면 되지."

"노지에서 겨울을 보낸 곰보배추가 약성이 있다며."

그때부터 그 친구의 인성을 알아보았어야 했는데 생각 없이 지나쳤습니다.

한여름에 붉은 고추를 따는 일은 너무 고역입니다. 요즘은 기상이변 탓인지 오전부터 30도가 넘는 비닐하우스에서 몇 시간 동안 허리도 제대로 못 펴면서 고추를 따야 합니다. 바람이 잘 통하지도 않고 모기는 왜 그리도 극성인지….

고추를 따고 세척을 하고는 하루 이상 그늘에 말리고 건조기로 옮겨야 합니다. 그리고 말린 고추를 집으로 가져가 햇볕에 말린 후에 방앗간으로 가져가야 합니다. 농작물 중 손이 제일 많이 가는 작물이지만 농약을 덜 친 것을 먹겠다는 욕심으로 고추를 심는 것입니다.

고추 따는 것이 힘들어 농사를 지어 본 거래처 사장에게 넌지시 이야기합니다.

"사장님, 김장 안 하세요. 공짜로 고추를 드릴 테니 와서 따가세요. 고추가 실합니다."

농사를 지어 본 사장이 이야기합니다.

"제가 사업을 왜 하는 줄 아세요. 고향에서 고추 따는 것 안 하려고 상경해 사업을 하는 것입니다. 어릴 때 학교가 끝나면 무조건 고추밭에 끌려가 고추를 땄습니다. 전 아직도 고추라는 말만 들어도 머리카락이 곤두섭니다. 고추는 사서 먹는 거지 밭에서 땀 흘리며 농사지어서 먹는 것이 아닙니다."

그의 말에 100% 공감하면서 한숨을 쉬고 있을 때 그 친구가 말했습니다.

"야, 그거 따면 되지. 뭘 고민해. 가자. 고추밭으로."

주인인 나도 차일피일 미루는데 마치 지가 고추밭의 주인인 양 억지로 밭으로 끌고 갑니다. 그는 나보다 빠른 손놀림으로 고추를 땁니다.

"힘 안 드냐?"

"힘들긴 재밌잖아. 톡톡 따는 게 재밌지 않냐?"

"그러면 네가 전부 따. 난 그늘에서 네가 하는 것 지켜볼게. 네가 그렇게 재밌어하는데 그 일을 내가 빼앗을 수는 없지."

"신소리 집어치우고 빨리 따기나 해."

"주인인 나도 고추 따는 게 너무 힘들어 몸을 사리는데 넌 힘 안 드냐?"

"야, 밤에 잠이 안 오더라. 고추를 제때 안 따서 농익어 물러질 텐데 보나 마나 안 따고 내팽개쳐질 네 밭을 생각하니 잠이 안 오더라. 어서 따기나 해."

"넌 정말 독특한 분이지만 좋은 습관을 지닌 훌륭한 친구다."

고추를 따면 차에 싣고 농협으로 가서 세척기에 고추를 씻습니다. 집에서 씻는 것보다 훨씬 깨끗할 뿐만 아니라 시간이 많이 단축되기에 농협으로 가는 것입니다. 그는 내가 고추 씻는 것을 보아야 안도의 한숨을 내쉬며 귀가합니다. 그 친구가 없었다면 아마 고추 농사는 진즉에 포기했을 것입니다.

어느 날 집에 그 친구가 방문했을 때 아내가 한 박스나 되는 마늘의 껍질을 벗기고 있었습니다. 그 모습을 본 친구의 눈빛은 빛이 납니다. 거실 바닥에 앉기 무섭게 마늘껍질을 벗깁니다.

"야, 너도 신소리하지 말고, 여기 와서 마늘껍질이나 까."

"야, 서재로 가자. 집사람은 자기 할 일을 빼앗는 것을 엄청 불쾌하게 생각한단다."

아내는 그에게는 달콤한 미소를, 나에게는 '인간아!' 하는 푸념 가득한 눈빛을 건넵니다.

"나는 집에서 마늘 껍질 벗기는 것 좋아해. 너도 해봐. 이 일은 여자가 하기 힘든 일이거든. 이런 일은 남자가 해야 해. 마늘을 까고 나면 손끝이 아리기도 하지만 손목이 아프거든."

"이 사람아, 그것은 월권이야. 가사를 담당하시는 부인 입장에서는 엄청 불쾌한 일이거든. 집안에서 존경받는 가장이 되려면 이런 것을 빼앗는 행동은 주부의 자존심에 흠집을 내는 일이지. 보시게, 집사람이 네가 마늘을 까니 '하지 마라'는 말도 못 하고 불쾌해하는 표정이잖아"

아내가 단숨에 내 말을 자르며 이야기합니다.

"경준씨가 하는 것 반만이라도 해 봐요. 그러면 내가 당신이 해달라는 것 모두 다 해 주지."

"너는 모범적인 간신의 전형이다. 겉 다르고 속 다른 전형적인 간신 말이다. 자고로 충언은 쓰고 간사한 말은 달콤하지. 내가 하는 처신은 소금처럼 쓰지만 네가 지금 하는 처신은 설탕같이 달콤하지. 부인에게 아부해 어떤 부귀영달을 꾀할지는 모르겠지만 대인배의 풍모로서 자신을 지켜나가는 것이 백년대계를 만들어 가는 가정에서는 귀감이 되는 것이지."

그는 편안한 미소를 지으며 말합니다.

"회사를 그만두니 시간이 남잖아. 그래서 함께 식사를 차리니까 '아내가 오늘 저녁은 뭐 할 거야'라고 말하더라. 집사람이 얼마나 행복해하는데…. 내가 해 준 음식을 맛있다고 말하며 먹는 모습이 너무 보기가 좋아."

그는 스스로 자신의 행위에 도취돼 얼굴 가득 수채화같이 옅은 미소를 짓습니다.

"너 속는 거다."

"속으면 어떠냐? 내가 해 준 것을 맛있게 먹는 모습을 보는 것이 얼마나 사랑스럽냐? 매일 어떤 반찬을 해야 할까 고민하는 아내의 걱정을 덜어주는 것도 즐겁고 행복한 일이거든."

"너는 모든 수컷의 원망과 저주를 받고 사는 것이 그렇게 좋으냐? 늙어도 곱게 늙어야지 어떻게 굴종의 모습으로 비루하게 살려고 하냐? 옛 성현들이 말씀하신 사서삼경의 덕목 중 부부유별…."

아내가 짜증 가득한 투로 말을 자릅니다.

"가서 커피나 타오세요?"

그녀의 말 한마디에 주눅 든 나는 커피를 타다 드립니다.

"네가 어떤 모습으로 있을 때 제일 아름다운지 아냐?"

그는 '저 인간이 또 무슨 궤변으로 자신의 귀를 더럽힐까'라는 생각에 대꾸도 안 합니다.

"야, 너 제수씨한테 지잖아. 말만 요란하지. 제수씨 손바닥 안에 있으면서…. 머리 굴리지 말고, 와서 마늘이나 까."

"어쨌든 나는 너처럼 집에서 밥을 하지도, 반찬을 하지도, 마늘 같은 것은 까지도 않으면서 살잖아. 집에서 욕은 먹어도 몸만큼은 편하게 만드는 게 지혜다."

아내는 자신을 이해하고 도와주는 그 친구가 곁에 있으니 하염없이 넋두리를 풀어 놓습니다.

"준호씨는 반찬을 준비하거나 그것을 마련한다는 게 하는 사람 입장에서 얼마나 고역인 줄을 몰라요. 매 순간마다 얼마나 많이 고민하는 지를요?"

"고민? 부인이…."

그의 마늘을 벗기는 손놀림이 아내보다 익숙합니다.

"반찬 준비하는 게 얼마나 고역인데."

"그래, 네 말마따나 고역이라 치자. 단적으로 삼 일 전 식탁 위에 된장찌개, 김, 김치 이 멤버 셋이 놓여 있었어. 그다음 날도 그 멤버 셋이 당당하게 식탁 위에 있기에 뻔히 욕을 먹을 줄 알면서 이의를 제기했단다. 부인, 식탁 위에 계신 분들 선수 좀 바꿔주세요. 순간 부인의 얼굴에는 말로는 표현할 수 없는 묘한 미소가 보이더라. 나를 향해 아무런 질타나 꾸지람이 없이 싸~한 미소를 보이는 것이 무척 불안했지만 당장은 아무런 욕도 안 먹었다는 안도감으로 밥그릇을 비울 수 있었지."

나는 아내의 눈치를 살피며 말을 이어갔습니다.

"그리고 그 다음날 부인의 이력을 아는 나는 아무런 기대감 없이 식탁에 앉았는데 부인의 참신함에 또다시 절망감을 느낄 수밖에 없었단다. 여태까지는 그나마 김으로 식사를 간신히 버텨왔는데 삼일 전에 만들었던 그 된장찌개와 김치만 덩그러니 놓여 있었어. 나도 모르게 아내에게 '존경합니다'라는 말을 하지 않을 수 없었어. 선수 교체를 부탁했지, 그나마 먹을 만했던 김마저 제명해달라고 했냐? 남들이 생각하지 못하는 3차원의 세계에 사시는 비범하신 분이 고민이란 것을 하신다고? 아! 했겠다. 그나마 존재했던 3가지 반찬 중 어떤 반찬을 식탁에서 제외시켜야 하는지를 엄청나게 고민하셨겠지."

아내가 곁에 있자, 그는 얼굴이 찌그러질 정도로 터져 나오는 웃음을 간신히 억누르며 말합니다.

"야, 말 같은 말을 해라. 설마 제수씨가 그렇게 했겠냐? 안 그래요? 제수씨."

아내는 애매한 표정을 지을 뿐 아무런 대꾸도 못 합니다. 내 말이 가식이 없음을 인지한 그는 화제를 돌립니다.

"그러니까 네가 하면 되잖아. 너희 밭에 온갖 야채가 다 있겠다. 뭐가 힘드냐? 유튜브 보면 반찬 만드는 거 다 나오는데 뭐가 문제냐? 지금처럼 투덜거릴 시간 있으면 그 시간에 반찬을 해서 제수씨를 기쁘게 해봐. 남편이 상 차려주면 여자들이 얼마나 좋아하는데."

"너는 만고의 역적이다. 전형적으로 특화된 간신의 전형이다.

어느 장소에서나 어떤 사람을 만나도 너는 본능적으로 그곳의 실세가 누구인지를 파악하고 실세가 가장 좋아할 이야기로 혹세무민하는 전형적인 간신의 표본이다. 결혼하기 전 너에게서는 찾을 수 없었던 것들이 결혼한 후에 아주 서서히 조금씩 망가지기 시작하더니 결국 이렇게까지 망가지고 말았구나."

커피를 한 모금 마시고는 다시 말을 이어갑니다. 아내는 짜증 섞인 목소리로 말합니다.

"경준씨, 이 사람 이야기 신경 쓰지 마세요. 원래 이 사람 이렇게 쓸데없는 이야기하는 것 잘 아시잖아요."

"참! 제수씨. 저번에 준 매실 식초 아직 남았나요?"

내가 그의 말을 받았습니다.

"네가 먹으려고?"

"아니. 집사람이 좋아해서. 원래 매일 식초를 물에 타서 먹었는데 제수씨가 준 식초가 여태까지 먹어 본 식초 중에 제일 좋다고 해서."

"경준아, 원래 그런 일은 부인이란 분들이 서방 건강을 위해 얻어오는 것이지, 너처럼 아내를 위해 얻으러 다니는 서방은 없단다."

아내는 자신이 만든 식초를 제수씨가 좋아한다고 하자 기분이 좋아졌습니다.

"많아요. 아직 거르지 않은 식초가 한 통이나 남았어요. 제가 금방 드릴게요."

아내는 자리에서 일어나 빈 병에 식초를 따릅니다. 난 아내에게 말합니다.

"부인, 주지 마. 네가 좋아하는 경준이가 먹는 것도 아니잖아. 제수씨를 주려고 하는 이런 참담한 모습을 다시는 안 보려면 절대 주면 안 돼."

경준이가 말합니다.

"식초가 사람 몸에 좋아. 아내는 매일 물에다가 식초를 타서 먹는데 건강이 좋아지는 것 같다고 이야기하더라."

"넌 안 먹잖아."

"아냐, 나도 먹어."

아내는 식초를 담은 병을 경준이에게 건넵니다.

"많으니까 다 드시면 또 말씀하세요."

아내가 짜증 난 목소리로 나에게 핀잔을 줍니다.

"당신도 경준씨처럼 집안일에 살뜰한 행동 좀 배워요. 집안일에는 손 하나 까닥 안 하고, 집안에서 걸리적거리기만 하고. 내가 말을 안 하고 포기하면서 살아서 그렇지 얼마나 당신이 문제가 많은지 아세요."

"그래도 제수씨 하는 말에는 끔벅 죽잖아요. 그리고 준호야, 나 전에 다니던 회사에서 계약직으로 나와 달라고 해서 출근하기로 했어."

"잘됐네. 들으니 반가운 일이다. 와이프는?"

"당연히 좋아하지."

그는 역시 '아내바라기'였습니다. 부인을 향한 해바라기의 삶에 행복한 표정 이외에는 다른 표정을 지을 줄도 모릅니다. 그는 항시 넉넉한 미소로 부인을 대하지만 나는 그의 뒷모습을 보면 애잔함이 가득합니다. 아니 어쩌면 그 친구가 나보다 잘 살고 있는 것에 질투를 느끼는 것일 수도 있죠.

"난 잘살고 있으니 내 일 신경 쓰지 말고 너나 잘해."

그는 흐뭇한 미소를 지으며 말합니다.

"야, 나는 지금이 제일 행복해. 시간 나면 아내랑 집 주변을 산책한다. 그리고 좀 더 여유가 나면 야외로 나가고, 맛집 알게 되면 아흔 넘으신 장모님 모시고 식사하러 가고…."

"장모님 연세가 아흔이 넘으셨다며…. 건강은 괜찮으시냐?"

"며칠 전에 장모님 모시고 집사람이랑 강원도 다녀왔잖아."

"너, 장모님 모시고 잠깐 식사하는 것은 그렇다손 치더라도 몇 박으로 가는 것은 불편하지 않냐?"

그는 내 물음이 오히려 이상하다는 표정으로 이야기합니다.

"아니, 전혀. 나는 부모님이 일찍 돌아가셔서 그런지 오히려 장모님 모시고 가는 게 좋아. 아내도 좋아하고."

"나는 식사 정도는 감당이 되는 데 몇 박으로 여행하는 것은 불편하더라."

"돌아가신 장인어른 살아 계실 때도 장인 장모 모시고 함께 식사하러 다니고 여행도 함께 했었지. 장인이나 장모님은 같이 나가자고 하면 우리들이 불편해할까 봐 '됐다'라고 말씀하시지만, 반강제적으로 짐을 챙겨서 모시고 나오면 집 안에 있을 때의 모습과 너무나도 달라. 그 좋아하시는 모습을 보면 내 마음이 얼마나 좋은 데…."

그의 얼굴에는 잔잔한 미소가 가득했습니다.

"장모님은 그렇다손 치더라도 장인은 힘들지 않냐? 난 사위가 와도 할 이야기가 없어 내 방으로 들어가는데."

"난 장인 모시고 단둘이 낚시도 많이 다녔다. 나이가 드시니 점차 밖으로 외출하시는 것도 뜸해지는데 내가 낚시를 가자고 하면 그렇게 좋아하시는 장인을 당연히 모시고 다녀야지. 부모님들은 살아 계실 때 잘해야지 돌아가시고 나서 잘한다는 것이 말이나 돼?"

"정말 대단하다."

"장인어른 돌아가시기 몇 개월 전에는 전립선에 이상이 생겨서 거동하시는 것도, 소변을 보는 것이 자신의 의지와 무관한지라 외출을 꺼려하시더라. 인사치레로 아버님 친구분들 안 만나냐고 물었는데 마침 그날이 친구들 정기모임이 있는 날이라고 하시기에 아버님을 설득해 명동에 있는 약속 장소로 모시고 갔지. 혹시 문제가 생기면 연락하시라고 하고 주변에 있다가 아버님을 모시고 집으로 돌아왔단다. 세상 떠나기 전 보고 싶은 친구분들을 만나고 돌아오시며 지었던 장인어른의 흐뭇한 표정은 잊혀지지 않아. 지금 생각해 봐도 너무 좋아."

나도 그의 말에는 공감할 수 밖에 없었습니다.

"그래, 그런 모습을 갖고 있다는 것이 우리가 살아 나가는 큰 힘이 되더라."

가족을 떠올릴 때 그의 몸과 마음은 사랑으로 가득합니다.

아내라는 단어를 이야기할 때 그는 한 치의 흐트러짐 없이 '아내를 대하는 최소한의 예의'가 배어 있습니다. 한 점 흐트러지지 않는 그의 모습에서 일탈을 즐기는 나로서는 조금 서운한 감은 있지만 수채화같이 사는 그 모습이 멀리서 보는 이의 가슴에 위안과 안식을 만들어 줍니다.

매사를 긍정적으로 모든 일상을 부드럽게 아우르며 세상을 대하는 그에게서 뾰족하게 돌출된 나의 모습을 다듬어 보려고 합니다.

하늘을 바라보는 여유

나는 지인들과 가족들에게 이야기합니다.

"어떤 일이 있더라도 최소한 하루에 한 번쯤은 하늘을 바라보는 여유는 갖자."

보필이는 이 이야기를 듣자, 가슴에 꼭꼭 숨겨왔던 커다란 비밀을 들켰을 때처럼 이야기합니다.

"힘들 때, 내 주변에 아무도 없다는 무력감의 늪에 빠져있을 때, 문득 하늘을 쳐다보면 갑자기 혼란스럽던 머리가 수정같이 맑아지더라고. 그렇게 아무 생각 없이 하늘을 바라보면 두서없이 혼란스럽던 생각들이 소리 없이 사라지고 새하얀 백지만 남아 새로운 자세로 일기를 쓸 수 있게 되더구나. 너도 그 맛을 안다니 너무 기쁘네."

나는 잔잔한 미소를 지으며 답합니다.

"무념무상에 가장 근접한 세계가 아무 생각 없이 하늘을 바라보는 것이더군. 생각 없이 하늘을 쳐다보면 자신도 모르게 온갖물상들과 이야기를 하는 자신을 발견하게 돼. 때론 내가 구름이되고, 바람이 되고, 구름이 만들어 주는 나만의 상상에 미소 지으며 저 보이지 않는 아주 아득한 공간으로 멀리 여행을 떠나기도해. 늘 현실의 울타리에서 아등바등 허우적거리며 무겁게만 여겨졌던 자신의 팔이 날개가 되어 훨훨 날아도 가고, 하늘을 바라보는 것만으로도 나만의 세계에서 조용히 미소 지을 수 있는 순간을 만날 수 있다는 것이 얼마나 축복된 순간인지 모르겠어. 이기심과 편협함 가득한 나란 존재를 깨끗이 지워버리고 아무런사심과 편견 없이 때로는 하늘이 펼쳐 놓은 황홀한 세계에 휩싸이게 만들어 주지. 그런 상태가 되면 살아있음에 감사함마저 느껴. 이런 이타적인 시공에서 나의 오감이 신비로운 전율에 사로잡히는 자신이 너무 사랑스럽기도 하지. 생각 없이 조금 더 목적지에 빨리 도착하고자 아스팔트 바닥을 바라보고 걷는 이와는달리 조금은 더디 가더라도 하늘 한 번 쳐다보며 걷는 이는 동일한 목적지에 도착하더라도 삶의 질은 전혀 다르지. 여유로운 시간을 갖고 부드러운 삶을 사는 이와 조급증으로 족쇄를 차고 시간의 노예로 거친 삶을 사는 모습으로 극명하게 나뉘거든."

그는 미소로 답합니다.

"하늘을 바라보면 마음은 편해져. 약국으로 출근하기 위해 집을 나설 때, 약국 안으로 들어가기 전에 하늘을 바라보면 그냥 마음이 편해. 약국이라는 곳은 창살 없는 감옥이야. 약국에 출근하면 퇴근할 때까지 항시 그 좁은 공간을 벗어날 수가 없지."

"그 모습이 잘살고 있다는 증거야."

"하늘 한 번 쳐다본 것뿐인데 마음이 진정되고 모든 일에 여유를 갖는 거 같아."

"네 말마따나 그냥 편하게 얼굴 한 번 들어 하늘을 쳐다보는 일인데 의외로 그 일에 인색한 이들이 너무 많더구나. 하루에 한 번 하늘을 보는 여유로움마저 잃어가는 시절이기에 우리의 삶들이 팍팍해져 가고 있는지도 모르겠다."

나는 예술이 무엇인지 모릅니다. 훌륭한 그림이 어떤 것인지도 모릅니다. 유명 화가의 비싼 그림을 전시한 공간에는 구름처럼 인파가 몰려듭니다. 수준 높은 관람객들은 감탄의 언어와 감동의 표정으로 모든 사람에게 공감의 순간을 만들어 주려고 합니다.

나처럼 흙이나 보며 사는 처지는 그런 훌륭한 작품을 본 적이 한 번도 없습니다. 하지만 화가라는 분들 역시 하늘이 펼쳐 놓은 일부분을 흉내 낼 뿐 위대한 대서사시를 옮겨 놓을 수는 없을 것입니다. 그런 것들은 하늘이란 화폭에 그려져 있는 감동과 감흥과는 비교할 수조차 없다고 생각합니다.

하늘은 기교가 없습니다. 해와 달, 구름, 바람, 이름 모를 새들이 화폭의 주인공입니다. 때로는 작고 낯익은 곤충들마저 한자리 하겠다고 눈앞에서 어슬렁거립니다.

하늘은 내 손주의 미소처럼 해 맑은 순수함이 있습니다.

하늘은 내 손녀의 미소처럼 천사의 순결함이 있습니다.

동심을 빼앗아 간 밤하늘

　어릴 적 어둠 속 별이 반짝이는 길을 걸어갈 때 하늘을 보면 무수한 별들이 내 뒤를 쫓아오고 있었습니다. 내가 발을 멈추면 동시에 움직임을 멈춥니다. 다시금 가만히 발걸음을 조심스레 움직이면 별들도 그 동작에 맞추어 똑같이 움직입니다. 그들을 떼어내려 힘껏 도망쳐 보았지만 항시 나와 똑같은 보폭으로 나를 지켜보고 있었습니다. 내가 그들과 눈을 마주치면 별들은 빙그레 웃으며 마치 '네가 뛰어봤자 우리들 손바닥이야. 너는 우리와 운명 공동체이기에 네가 무슨 짓을 해도 우리는 너와 함께할 수밖에 없단다'라는 무언의 약속을 이야기하는 것 같았습니다. 별들이 나와 함께 하겠다는 것을 의식한 후 길을 걷다가 하늘을 보면 그들은 한결같은 모습으로 나와 함께 길을 걸어 주었습니다.

　어릴 적 외갓집에 가면 시골 동네 아이들은 서울에서 왔다는 이유만으로 나를 골려 줄 계획을 세우느라 바빴습니다. 내 또래의 아이들과 일부러 싸움질을 시키기도 했지만 남자 형제가 많았고 내가 나이에 비해 덩치가 컸기에 아이들은 이렇게도 저렇게도 자신들의 의도를 만족시키긴 못했습니다. 그래서 그들이 곰곰이 생각해 낸 것이 밤에 외갓집에서 10리는 떨어져 있는 주막에 가서 먹을 거를 사 오게 하는 것이었습니다.

외갓집이 위치한 동네는 온 마을 합쳐봐야 집이 몇십 호밖에 없어 그나마 번화가인 덕소까지 나가지 않는다면 유일하게 먹을거리를 해결할 수 있는 가게는 그 중간에 있는 주막이었습니다. 그 시절 주막은 막걸리와 소주 몇 개, 과자 약간과 빵 몇 봉지가 있을 뿐이었기에 휴게소라고 불리기도 민망한 곳이었습니다.

외갓집에서 주막이라는 곳을 가려면 중간에 공동묘지가 있습니다. 시골의 밤은 인적이라고는 구경하기도 힘들뿐더러 불빛은 상상조차 사치인 시절이었습니다.

시골집 아이들은 낮부터 나를 놀리기 시작합니다.

"너는 서울놈이니까 밤에 주막에 갔다 오지 못하지?"

다른 아이가 맞장구를 칩니다.

"서울 아이들이 얼마나 겁이 많은데…."

또 다른 아이가 팔뚝으로 콧물을 훔치며 말합니다.

"밤마다 공동묘지에 귀신이 나타난데…. 공동묘지를 지나다가 귀신에게 홀려서 죽은 사람들이 많잖아. 그래서 어른들도 혼자서는 절대 밤길을 안 가."

그중 가장 완력이 있어 보이는 하나가 말했습니다.

"하지만 우리들은 눈감고도 갈 수 있지. 오늘처럼 빵하고 과자를 사러 많이 갔었거든. 귀신은 겁쟁이한테나 나타나지, 우리같이 용감한 아이들한테는 나타나지 않아."

사실 나는 아이들이 하는 이야기만으로 공동묘지를 지나 주막이라는 곳을 간다는 것은 상상조차 할 수 없었습니다. 불빛이 없는 곳을 구경한 적도 없는 초등학교 2학년인 내가 방마다 전등이 있는 것도 아닌 간신히 집에 백열전구 한두 개만 있는 이런 시골의 밤길을 간다는 것은 상상할 수도 없었습니다. 밤에 화장실 가는 것도 무서워 할머니가 준 요강으로 해결하고, 방문을 꼭꼭 닫고 밖에서는 안 열리게 하고 잠을 자는 애가 바로 저였기 때문입니다.

"서울놈들은 겁쟁이라서 안 돼."

아이들이 한결같이 겁쟁이라 몰아 부치는 바람에 나도 모르게 욱~하는 치기가 올라왔습니다.

"아냐, 갈 수 있어. 그까짓 것 왜 못하냐? 너희들이 몰라서 그렇지 서울은 크기 때문에 이곳보다 어두운 곳이 더 많아. 동네 아이들하고 칼싸움하고 총싸움하느라고 그런 곳에서 자주 놀았기에 이 정도는 아무것도 아니지."

아이들 중 제일 큰 아이가 씨~익 웃으며 약간의 돈을 쥐여 줍니다.

"그럼, 증거로 크림빵 사와."

방문을 열고 밖으로 나오니 한여름이건만 싸아~ 하는 한기가 스칩니다. 수명이 얼마 남지 않은 손전등을 들고 주막을 향해 걷습니다. 내 앞을 비추는 손전등 불빛보다 희미한 불빛이 간간히 도로 옆에 있던 집에서 흘러나옵니다. 힘들게 조심조심 발걸음을 옮기지만 왜 그리도 발이 무겁기만 한 지….

조금 걸으니, 주변의 민가가 사라지면서 그나마 위안이 됐던 주변의 희미한 불빛마저 끊깁니다. 풀벌레 소리, 바람 소리, 그 어떤 조그만 소리도 무서움과 두려움으로 엄습합니다. 돌아보니 그곳에는 희미한 불빛이 살아 숨쉽니다.

귓가에는 '잘난 척하지 말고, 아이들이 있는 곳으로 어서 돌아가'라는 유혹의 속삭임이 들리는 것 같았습니다. '한 발짝만 앞으로 나아가면 아이들이 이야기한 것처럼 귀신이 나타나 너를 잡아갈 거다'라고 조롱 가득한 목소리로 속삭이는 것 같았습니다.

어쩔 줄 모르고 망설임 속에 주저주저할 때 문득 하늘을 보니 나와 함께 밤길을 걷겠다고 약속했던 별이 보였습니다. 나와 평생 밤길을 걷겠다고 약속한 그 별들입니다. 그러자 나도 모르게 약간의 오기가 생겼습니다. 밤하늘의 별을 보고 좁은 길을 걷습니다. 학교에서 배운 동요와 교가를 주막에 도착할 때까지 불러젖힙니다. 사방에서 어떤 소리가 들려도 오로지 길만 보고 목이 터져라 노래를 부릅니다.

그리고 마침내 크림빵을 사서 아이들이 있는 사랑방으로 허겁지겁 돌아왔습니다. 방 안에 있는 아이들 얼굴이나 간신히 분별할 수 있는 호롱불의 불빛이 그렇게 밝게 느껴진 것은 그때가 처음이었습니다.

어떻게 그 길을 왕복했는지 나도 모르겠습니다. 도착해서 나는 다시금 밤길을 걷지 않겠다고 다짐했습니다. 하지만 그 순간 나에게 힘을 주고 용기를 북돋워 준 것은 밤하늘을 밝게 수놓고 있는 별들이었습니다.

아내는 밤하늘을 좋아합니다. 여행을 가다가 천문 관측대라는 이정표를 발견하면 번번이 그곳으로 발길을 옮깁니다. 내가 모르는 별 이야기를 초롱초롱한 눈빛으로 이야기할 때 아내는 순간 소녀가 됩니다. 아내의 그 모습이 사랑스러워 관심도 없는 천문대를 찾습니다.

오늘따라 호구 조사 나온 조사원처럼 자신이 별을 좋아하는 이유가 외삼촌이 준 별에 관련된 서적 때문이었다고 이야기를 꺼냅니다. 장인, 외삼촌들이 등장하고 손짓으로 보이는 별들의 이름을 알려주면서 그 이름의 내력을 신이 난 표정으로 이야기합니다. 그리고 집에서 한 번도 독서하는 모습을 보인 적이 없는 분이 집에 있는 별들과 관련된 서적을 이야기합니다. 더 이상 방치했다가는 그분의 사설이 너무 길어질 것 같아 나의 비밀을 밝히기로 작정했습니다. 행여 남이 들을까 봐 그녀의 어깨를 잡고 그녀의 귀에 작지만, 단호한 목소리로 말했습니다.

"부인만 아세요. 여태까지 그 누구한테도 내 출생의 비밀은 이야기한 적이 없습니다."

내 진지한 표정에 약간 긴장한 아내는 조심스레 말합니다.

"출생의 비밀이라니?"

"부인이 알다시피 내가 예사롭지 않은 사람이잖아. 부인도 내가 비범한 사람인 것은 인지하고 있잖아."

"맞아. 당신은 비분강개할 분이지."

"무식하긴. 나는 비분강개 할 분이 아닌 비범한 분!"

아내는 체념의 표정으로 더 이상 이야기를 하지 않습니다.

"됐다. 부부란 일심동체가 되어야 하기에 내 출생의 비밀을 이야기해 주려고 했는데 이런 표정을 지으면 어떻게 이야기를 할 수 있겠냐?"

"그래 해 봐."

"사실 내 친부모는 저 별님들이야. 저기 보이는 저 별들이 내 친부모와 형제들이지."

아내는 갑자기 얼굴을 붉힙니다.

"제발 정신 차리세요. 그리고 당신은 인간성 자체가 별들과는 전혀 안 맞아요. 해도 해도 너무한 게 이제는 별들과 혈연관계라니…"

난 아내의 손을 잡고 진지하게 발걸음을 옮겼습니다.

"자 봐. 내가 걸음을 옮기면 별들이 나를 따라 똑같이 움직이잖아."

아내는 내 손을 뿌리치고 앞으로 발걸음을 옮깁니다.

"당신 잘 봐. 내가 발걸음을 옮기면 별들이 나를 따라오지. 나도 어릴 때 내가 발걸음을 옮기는 방향으로 움직이는 것이 엄청 신기했거든."

"아니 그럼 당신의 친부모가 별이었다고? 그럼 니캉 나캉은 원래 형제였다는 이야기…."

"지구가 둥그니까 그런 착시 현상을 심어주는 거란 말이야. 아무것도 아닌 것을 가지고 호들갑은…."

난 별들을 가리키며 말했습니다.

"그런데 저분들은 그동안 나한테 그런 말을 한 적이 없었는데. 내가 평생 함께 길을 걷자고 말하면 알았다고 말없이 고개를 끄덕였고, 내가 당신을 사랑하는데 당신들도 나를 사랑하겠냐고 물으면 말없이 고개를 끄덕여주었어. 그런데 쟤들이 나 말고 너한테도 똑같은 대답을 했다는 이야기잖아. 아니 사기 칠 애가 없어 나처럼 순수한 사람에게 몇십 년간이나 사기를 쳐. 당신한테는 얼마 동안 사기 쳤냐?"

아내는 나의 말에 아무런 대꾸도 없이 걸어갑니다. 나는 쫓아가 그녀의 손을 잡았습니다.

"어쨌든 나한테는 세상 사람들이 갖고 있지 않은 순진무구함과 천진난만함이 무궁무진하다고 생각되지 않냐? 부인은 그런 순수함과 청순함으로 가득한 사람을 본 적이 있냐? 그런 간단한 이유만으로도 나와 결혼한 당신은 성공한 삶을 살았다고 누구한테라도 자랑할 수 있는 거지. 한 마디로 당신의 인생은 성공한 삶이야."

내가 아무리 씩씩거리며 분노를 표출하고 나의 위대한 본질을 이야기하지만, 아내의 표정에는 한심함만이 가득 빛나는 순간이었습니다.

에필로그

　칠흑같은 어둠 속에서 1톤 화물차를 몰며 외곽순환도로 판교 구간을 지나 구리 집을 향해 가고 있었습니다. 성남을 지나려는데 갑자기 차 브레이크가 말을 듣지 않습니다. 급히 속도를 30km로 줄이고 비상 깜박등을 켠 채 4차선 도로를 운행합니다. 차가 우측으로 주저앉을 것 같습니다. 갓길을 향해 가벼이 엑셀을 밟았습니다. 표시등 전체가 노란색으로 변하며 위험 상황을 알립니다. 핸들 작동이 제대로 안 됩니다. 머리카락이 쭈뼛해지고 등에 식은땀이 흐릅니다.

　차가 심하게 쏠린다 싶더니 이내 우측으로 주저앉습니다. 오른쪽 앞바퀴가 빠져 버린 것입니다. 빠진 바퀴는 우측 차선에서 달리던 승용차 밑으로 끼어들었습니다. 돌발상황을 맞은 승용차는 가까스로 갓길에 멈춰섭니다. 승용차 운전자가 연신 손짓하며 나를 부릅니다. 뒤에서 비상등을 켜고 수신호를 하던 나는 화물차를 뒤로 하고 갓길에 서 있는 승용차를 향해 뛰어갔습니다.

승용차 운전자는 차 아래를 가리키며 말합니다.

"차를 조금만 들어서 밑에 있는 바퀴를 빼면 운전할 수 있을 것 같아요."

"금방 레커차가 올 테니 그때 차를 들어보죠."

내 말이 끝나기 무섭게 '쾅'하는 굉음을 내더니 화물차에 실린 제품들이 도로 사방으로 흩어졌습니다. 뒤를 돌아보니 내 차는 360도 한 바퀴를 돌고 서 있는데 차 뒷부분은 형체를 알아볼 수 없을 정도로 꾸겨져 있었습니다. 15톤 탑차가 들이받은 것입니다. 15톤 탑차는 50m 앞 일차선 중앙 분리벽에 충돌하고 나서야 멈춰 섰습니다.

난장판이 된 도로에서 한 젊은 남자가 걸어오더니 긴장된 표정으로 묻습니다.

"혹시 이 차 운전자 보셨나요?"

"접니다."

별 탈 없이 서 있는 내 모습을 보자 안도의 한숨을 쉬며 자신이 탑차 운전기사임을 밝혔습니다.

"정말 죄송합니다. 잠깐 다른 생각을 하다가 앞 차의 비상 깜박등이 켜져 있는 것을 보지 못했습니다."

갓길에서 지금까지의 상황을 쭈욱 지켜본 승용차 운전사가 내

게 한마디 합니다.

"어르신, 아니 이런 깜깜한 밤에 검은 잠바 입고 도로에서 수신호를 하고 있으면 어떻게 합니까? 내가 부르지 않았다면 아마 더 큰 사고로 이어졌을 거예요."

아내에게서 전화가 왔습니다. 조금 전 화물차 앞바퀴가 빠져 문제가 됐을 때 통화를 했는 데 걱정이 되었는 지 다시 전화를 한 것입니다.

"밖이 엄청 춥던데 떨지 말고, 차 안에 들어가 있어."

"부인, 미안한데 15톤 탑차가 멈춰 서있던 내 차를 박아서 완전히 박살 났어. 지금 사고 처리 중이니 이따가 다시 전화합시다."

끊자마자 전화벨이 요동을 칩니다. 막내아들입니다.

"아빠, 몸은 괜찮아요."

"응, 차에서 내려 있었어. 난 아무 이상 없어."

"좌우지간 아빠는 운전하는 데 문제가 많아요. 좀 조심조심 운전하세요. 아빠 며느리도 걱정하잖아요."

"걱정하지 말라고 해."

"사고가 장난이 아닌가 봐요. 지금 교통방송 화면을 보고 있는 데 차가 하나도 못 다니는 것을 보면 작은 사고가 아닌가 봐요."

"어떻게 아냐?"

막내는 자신의 핸드폰 화면 사진을 나에게 보내주었습니다. 현재 이곳 도로 상황이 화면에 담겨 있었습니다.

아들에게 말했습니다.

"며느님 잠깐 바꿔줘."

며느리의 목소리가 들렸습니다. 우리집에서 유일하게 만날 수 있는 따뜻하고 상냥한 목소리입니다.

"아버님 몸은 괜찮으세요."

"당연하지. 나는 며느님이 걱정할 일은 만들지 않는단다. 이렇게 늦은 시간에 며느님 목소리를 들을 수 있는 게 얼마나 큰 행복인데, 건강한 목소리 들려줘서 고맙고 어서 푹 쉬어."

"네. 아버님."

며느리와 통화 중에 휴대폰 벨이 진동합니다. 이번엔 딸입니다.

"아빠 괜찮아요."

"응, 괜찮아."

"아무런 이상이 없다니 다행이네요. 이만 끊을게요."

아내에게서 또다시 전화가 옵니다.

"내가 차를 가지고 그곳으로 갈까?"

주눅 든 목소리로 말합니다.

"오시면 무엇해요. 맨날 사고만 치고 돈이나 까먹는 놈이, 더 이상 당신 얼굴을 볼 면목이 없어요. 앞으로는 집에 안 들어가고 가출할 겁니다."

"그래도 몸 안 상한 게 얼마나 다행인데, 자동차야 다시 구입하면 되지만 당신 몸이 상하면 우리 집은 끝장이잖아."

"아니야. 당신 말이 맞아. 난 당신 말마따나 돈 까먹는 기계잖아. 당신이 아무리 좋은 이야기 해 보았자 터럭만큼이라도 개선되는 것도 없고. 차라리 내가 안 보이는 게 당신의 정신건강에 도움이 됩니다. 당신을 위해 내가 할 수 있는 것이 무엇이 있을까 생각해 보니 최고의 선택은 내가 가출하는 것을 알았습니다. 나도 양심이 있는 놈인지라, 더 이상 부인에게 민폐를 끼치며 사는 것이 눈치가 보입니다."

"제발 쓸데없는 소리 좀 하지 마. 사람이 진지하게 이야기할 때는 진지하게 새겨 들어."

"부인, 지금 엄청 추운데 내가 가출하면 어디로 가야 당신이 마음이 편할까?"

"일이나 잘 처리하고 빨리 집으로 와."

"이런 사고를 낸 놈이 귀가해도 된다고?"

"애들도 걱정하니 조심해서 와."

"나 같은 문제아를 버리지 않고 살아주려는 당신은 천사입니다."

보험사 직원과 사고 수습책을 마무리하고 집으로 갑니다. 내 모습이 낯설게 느껴집니다.

죽음은 순간이라는 경험을 했습니다. 죽음은 어느 정도 예고된 것이라고 막연하게 생각하고 살았는데 그게 아니었습니다. 만약 그 순간 승용차 운전자가 나를 부르지 않았다면 탑차 운전자는 어둠 속에서 검은 잠바를 입고 수신호를 하고 있는 나를 보지 못했을 것입니다. 생각만 해도 끔찍합니다. 찢어지고 뭉그러진 화물차의 몰골보다도 흉측한 내 모습이 도로의 어딘가에 나뒹굴 수도 있었을 것입니다.

예전에 집에 일이 있었을 때 큰형님이 말했습니다.

"나 같으면 잠도 못 자고 사회생활도 제대로 못 할 거다. 너는 어떻게 흔들리지 않고 자신을 지키면서 생활을 할 수 있었냐?"

"가장이니까요. 내가 흔들리면 가족 모두가 흔들리잖아요."

아내도 거듭니다.

"참, 우리 가족은 생각해 봐도 대단해요. 다른 집들은 안 좋은 일이 발생하면 니탓 네탓 하느라 시끄러운데 우리집은 위기가 닥치면 가족 모두 '하나'가 돼 똘똘 뭉치니 너무 감사하고 고마워요."

그토록 어려워 보였던 일은 언제 그랬냐는 듯 바람에 씻겨져 갔습니다.

산다는 것은 바람입니다. 당장은 이 세상의 주인공이라는 호기로움을 갖고 사는 존재일 수 있겠지만 알지도 모르는 순간 바람처럼 조용히 사라지는 존재가 될 겁니다.

나는 마을 입구 커다란 고목이 되고 싶다는 생각을 자주 합니다. 누가 기억을 해주든지 말든지 항시 그 자리에서 한결같은 모습으로 존재하고 싶습니다.

큰아들은 땀땀이 내 아버지의 이야기를 듣고 싶어 합니다. 할아버지는 어떤 분이셨는지 묻습니다. 증조부님에 대해 물을 때면 내 입은 닫힙니다. 기억이 없기 때문입니다.

조만간 나도 바람이 되어 모든 이들의 뇌 속에서 사라질 것입니다. 하지만 내가 겪었던 작은 이야기를 모아 아이들이 맞닥트릴 불편함을 조금이나마 덜어주는 것이 오늘 새롭게 태어난 나의 도리라고 생각합니다. 손자와 손녀가 할아버지를 기억하고 아내와 아이들 그리고 며느리와 사위들이 내 모습을 곱게 간직할 수 있다면 더할 나위 없을 것입니다.

삶과 죽음의 경계를 경험해 보니 감사할 이들이 참 많습니다.

나를 위해 잔소리하는 아내가 예쁘고 고맙습니다.

아무도 못 말리는 아빠를 기꺼이 받아주는 아이들이 고맙습니다.

가문의 영광을 위해 새 식구가 된 사위와 며느리가 고맙습니다.

예전엔 몰랐던 기쁨을 안기는 손주 손녀가 고맙습니다.

인생의 의미를 깨닫게 한 친인척과 주변 모든 이들이 고맙습니다.

물론 부모님의 고마움은 당연하고요.

할아버지의 손편지

초판발행　　　2025년 2월 28일
지 은 이　　　황준호
펴 낸 이　　　류한경
펴 낸 곳　　　한스북스

출판등록　　　2011년 11월 15일 제301-2011-205호
주　　　소　　(04627) 서울시 중구 퇴계로 32길 24, 301호(예장동, 예장빌딩)
전　　　회　　02) 3273-1247

ISBN 979-11-87317-18-0 03810